또 하나의 그리움

읽고 싶은 시 _ 04

또 하나의 그리움

한 성 근 시집

인문엠앤비

시인의 말

꿈꾸는 천지간에

가야 할 길이 보이지 않을 적이면

한꺼번에 죄다 잃어버린 것 같았던 기억들이

저 홀로 서성이다 울컥 신음소리를 낸다

기다림에 지쳐 조바심 내다가

무거운 발걸음 옮길수록

날마다 정성스레 마음 한 자락씩 접어

서늘한 앙가슴 들춰 보는데

어느 세월 걸어서라도

애련의 정 넘칠 듯이 띄워 놓은 채

새롭게 가는 걸음걸음마다

부끄럽지 않을 사랑이길 다짐해 가면서

등 뒤에 곁달은 겹겹의 그리움

그대에게 이젠 다함없이 실어 보내려 한다

2023년 봄의 문턱에서

한 성 근

| 차례 |

제2부 차오른 열기 속에서

제3부 행여 뒤는 돌아보지 말고

제4부 이슥도록 이어내려

제5부 청하여 바라건대

한성근의 시세계

불꽃같은 내 마음 머문 곳 |

제1부

오늘 같은 날은

다시 너울 속으로

흩어져 버린 시간의 애처로운 기억들을
예전으로 되돌릴 순 없겠지만
채우지 못할 것 같은 덧없는 집착에 사로잡혀
그 모습 재현해 보려 한 속마음 헤쳐 놓고
눈치 없는 자맥질만 못내 하려 함인지

고즈넉한 지평의 숨결 속에서 서걱거릴 때면
때 묻지 않은 햇살이 비춰 주길 바라던
끝 간 곳 모른 체한 비릿한 물내음은
몸 둘 바를 잃어버린 속된 세상 전유물이었을까
땅거미가 내려앉은 가로등 아래 목어처럼
고갤 떨구고 진정 어지러이 찌든 욕심 태우는데

쪽으로 떼밀려 실그러진 모양새에
멈추어 선 말 못 할 곡절 알아보던 하룻길이
때 묻은 맹세 결연히 깨우쳐 가며
이른 아침 겸허한 자세 도스르듯
자나 새나 걸음나비를 넓히려는 것이다

오늘 같은 날은

별빛 속으로 댓돌같은 밤이 어른거릴 때면
거기 우두커니 내가 서 있었다
언제 적인지 한참 동안 붉게 타오르던
죽을 만큼 아린 기억도
절묘하게 새로운 모습으로 숨어들어
불빛을 감춘 어둠의 날개 뒤에 함께 있었다
별안간에 발붙일 곳 비집어 가뭇없어진 마음
알맹이는 가고 껍데기만 남아
다사로운 추억 곱다랗게 되짚을 적마다
허물 벗는 어느 슬픔의 가슴앓이였을까
이따금씩 드물게 보이지도 않은 청맹과니처럼
피곤에 지친 눈꺼풀을 떨어뜨린 채
쉼 없이 부끄러운 숨결 고르다가
저 홀로 마주보며 돌아선 발걸음이
오래지 않아 그 어딘가에 닿으려 했었는지
말하지 않아도 아물지 않은 상처를
허술하게 꺼내 놓을 수 있었을까 궁금해진다
바람이 소슬히 불어 댄 오늘 같은 날은

눈앞을 스쳐 지나갔던 무심한 얼굴 지우려고
긴긴 밤 지새워야 하는가 보다
아직은 어디로 가야 할 지 몰라
아무것도 이르러 닿지 못한 외로움에 묻혀
어둡고 차가운 심연의 한복판으로
끝없이 추락하는 이 세상 곤한 사람들을
이렇게 밖에 지켜볼 수 없어 눈물겨워진다
가고 오는 사람들이 더 깊어진 고요 속에서
헝클어진 모습 붙들어 놓은 뒤부터
어둠 안 밝히는 등불을 켤 때
저물어간 비릿한 지평 위로 헛웃음 터트리며
제 얼굴 가린 바람이 분분함에 홀려 머뭇거리는데
더 이상은 한 발짝도 움직일 수가 없구나
텅 빈 모서릴 여력을 다해 벗어 나와
드디어 그대에게 보낼
정해 놓은 침묵 속으로 이어질
단 한 번의 빛바랜 맹세를 등 뒤에 곁달은 척
하염없이 쌓이는 고독을 고스란히 담아야겠다

머물다 간 자리

꿈꾸는 천지간에
그 어디에도 없을 것 같은 무아의 경지까지
발걸음 흔들리지 않고
마침내 도달할 수 있다면

내가 잃어버린 것들은 모조리
정수리에 박힌 비열해진 탐욕들만 붙안은 채
슬픔을 참지 못한 볼품없는 잡동사니처럼

빈 공터에 홀로 남겨져
처량하게 비틀거리고 있을 것이다

퍼붓는 야유와 조소가 쏟아진다

걸어온 만큼 가야 할 곳도 안개 속일 텐데
훗날의 나를 헤아려 볼
희미한 불빛마저 사라져 버린다 할지라도
내용도 없는 허술한 기억들은

무엇을 말하려고 낯선 곳을 무작정 바장였는지

심장이 점점 차가워지는 동안
깊어 가는 저물녘부터
거꾸로 흐른 날들이 하도 아득하여

가는 길이 보이지 않을 때마다
고적함을 이기지 못해
스쳐가는 바람에게 지청구하면서
세속에 오염된 허욕들을 뿌리쳤어야 했었을까

서둘러 가 닿을 어디쯤에선가

모든 것 닻 감아 버린 시선이
아직도 숨 가쁘게 맞닥뜨리는 가슴 떨림으로
모른 척 무심히 지나쳐 갔을 것만 같아
이제서야 비로소
잊힌 그리움 남김없이 견디려 한다

생각이 깊어지다 보면

조금씩 열리는 하늘이 시곗바늘처럼 다가옵니다
그래도 꿈결같이 아득하기만 합니다
얼핏 어디서 본 듯한 새 한 마리
느닷없이 저 멀리로 눈길 거두어 스쳐가는데
한참을 망설거리는 날갯짓이
더 높이 치솟아 오르려고 아우성치는
발가벗은 숲속 나무들의 우듬지로 느껴집니다
문득 바람이 옷섶을 여미다가
내밀한 그 소망 안다는 듯
귀를 기울여 생각에 잠깁니다
세상 어느 곳에도 이르지 못할 것 같던
끝 간 데 없는 단단한 맹세의 외로움 너머로
긍휼의 마음 마침내 달랠 수 있다면
기꺼이 잘디잘게 부서지고 부서질 것입니다
드센 비바람 또다시 불어와
내 작은 몸뚱어리가 곤두박질칠지라도
늘 그러했듯이 더 낮은 자세로 중심을 잡아
선뜻 다가온 시간 속으로 걸어가 보렵니다

여린 맘 달래려고

뒤섞여 왁자지껄하던 거리를 벗어나와
인적 끊긴 산문山門에 다다르니
발아래 사람들이 그림자를 안고 멀어지는 사이로
가파른 능선은 자꾸만 나를 잡아당긴다

보일 듯 말 듯 먼발치에 우두커니 서 있는
큼직한 빌딩들은 성냥갑처럼 작아지고
눈앞을 촘촘하게 가로막던 차량들도
어느새 흔적 없이 꼬리를 감추는데

고즈넉한 정적 속에서 무릇 방향마저 잃어버린 채
상처 입은 모양새로 골똘해지다가
둘 곳 없어 더욱 헐렁해진 마음 담아
고단한 삶일지언정 잊힌 듯이 저울질해 보면

번뜩이는 눈빛들의 한숨짓는 소리에
차가운 한뎃잠 속으로 벌물 켜듯 무시로 들이밀어
어디로든 발걸음 옮겨야 하리라

정작 어쩌랴

어둠의 장막 뒤로
걸어가는 사람들의 불안에 떠는 모습
보이지 않느냐고
돌부처처럼 한참을 우두커니 선 채
되묻기도 했었지만

재바른 발걸음 가뭇없어진
기별마저 없는 난감한 처지 애태우다가
한 번 더 아둔함 나무람해 보았던
지난날 객쩍게 부려본 혈기
서로의 안부를 반신반의할 뿐
아무런 대답이 없었다

마침내 어둠을 짊어진 등줄기에서
새어 나오는 가느다란 외마디 비명조차
여전히 뜬눈으로 지새운 꿈결인 듯
사나운 욕심에 휘둘리며 살아온
빗나간 날들을 헤아려 보면

천지간에 여때까지 참고 견뎌낸 아픔을 모아
무심코 줄지어 엮어 가며
귀청이 따갑도록 누군가에게 아우성쳤을 텐데
저리 깊은 그리움의 모든 것을
하나같이 낯선 사람들은 모른 척했다

이유 없는 핑계에 덮어 놓고 침을 발라
헐렁한 한때 되짚어 보았지만
내일을 등에 업고 선뜻 나서지도 못했으니
여태까지 망설거린 마음 추슬러
어설픈 날갯짓일지라도
어떻게든 여기에서 멈추지 않으려 한다

가로놓인 고락의 길이 심술을 부릴지언정
바라보는 저편 먼발치서부터 몇 번이나 사라져 간
꾸던 꿈 머지않아 이루어 보려 함일까
이제 그만 정작 어쩌랴
지금 바로 촘촘하게 안간힘 쓰려는 중이다

고빗사위 지나는 듯

맨살같이 남아 한 걸음씩 움직일 적마다
두 눈 부릅뜬 서로를 부추기려
한껏 얼어붙은 허허벌판 바라보다가
진작에 결심이 선 사람 마냥
소리 소문 없이 퍼져 나간 어스름 위로
저만치 머물던 길 한쪽 당겨와
잊고 지내던 가파른 날들의 기억을 내려놓는다
하루해가 길게 저물어 가는 동안
발끝까지 따라온 깊은 한숨으로 침묵할 때
홀연히 고개 숙인 못다 이룬 꿈 하나
아직도 거기에 멀거니 서 있다면
때늦은 자책에 속울음 삼키는 것 말고
할 수 있는 일 무엇이 있었을까 생각해 본다
내딛는 걸음마다 돌이킬 수 없어
숨 가쁘게 튀어 오르던 벅찬 순간들을
떠나보낸 망각 속에 하마터면 묻을지라도
처음부터 한 번쯤 알은체하였더라면 좋았을 것을
무엇이 불편한 진실이었기에

그토록 제자리를 못 찾는 교만에 빠져 들었는지
세월에 묻힌 꽃 진자리에 서서
위태로운 슬픔을 뒤밟아 배워가는 것인 양
들리지도 않은 파열음에 부딪혀
힘을 내어 환호성 내질렀을 텐데
가슴까지 타 들어간 애증의 번민으로
벼랑 끝에 앉아 기두리는 인고의 소중함
그제서야 어렵사리 눈치챘을까
어둠 속에 숨어들어 제집인 것처럼
가끔은 넋을 놓은 채 고빗사위 지나는 듯
실패를 모르면 성공의 기쁨도 몰라
몰아치는 세상 풍파에 주저앉을 때가 있을지언정
이 또한 지나고 나면 오래지 않아
내려놓지 않아도 눈앞은 환해질 테니
사는 것이 다 이런 것인가 보다 여겨
이제라도 깨달은 듯 정갈하게 옷깃을 여며야겠다

돌아볼 때마다

늘 새로운 날들의 목마른 시간 속에서
가다 멈춘 어설픈 날들이
차고 넘치는 자잘한 생각들을 짊어진 채
부표처럼 더미로 오더이다

간신히 먼 길 돌아 서름하게 보이는
노을에 비친 희미한 얼굴 위로
헤살부린 바람을 끌어당겨
꾸다 만 꿈의 숨결 실없이 어루다 보면

저문 하늘에 어둠 쪼개어 감추어 둔
욕심뿐인 세월 꺼내 들고
아찔한 높이에서 뛰어내리던
연민에 젖은 가슴 자지러드는데

이지러진 초승달 머리에 이고 견뎌낸
남루를 걸친 몸의 끈질긴 기움질에
애달픈 웃음 실어 흩뿌리고 있더이다

기억 한 편에 남겨 놓은

빗소리가 속살거리며 대지를 간지럽히는
정겨운 모습 물끄러미 바라다보면서
오랫동안 잊고 있던 그대 생각으로
공연스레 마른 눈시울이 젖어들어 옵니다
흘러간 세월 기억 한 편에 남겨 놓은 채
우렛소리처럼 가슴 먹먹한 순간에도
끝끝내 마저 하지 못한
다문 입가에 휘도는 몇 마디의 말을
행여 누가 볼까 슬그머니 꺼내 봅니다
간간이 들려오는 한숨 속에
아련한 추억이 어찌하여 없었겠습니까 마는
이토록 비에 젖어 부산을 떤 날이면
적막에 둘러싸인 외딴섬을 만들어
그대를 그리워하는 일에 열중하는 것이
마냥 행복에 겨워집니다
꿈을 꾸듯 은밀하게 늘어놓는 넋두리가
부끄럽지 않을 사랑이길 다짐받으며
달랠 수 없는 마음 두서없이 보내렵니다

또 하나의 그리움

어둠의 테두리를 매만지는 어쭙잖은 모양새에
지나쳐 가던 사람들마저
어찌할 바를 몰라 애련의 눈길 보내는데
그토록 기다렸던 저 높은 깃발 아래
불꽃같은 내 마음 머문 곳을 지나가리라 여겼던
달뜬 마음 실바람처럼 드리운 채
뒤란 한 편에 안성맞춤으로 쌓아 놓은 사연들을
이 한 밤 홀연히 펼쳐 든다
그대 또한 고즈넉한 잠에서 깨어나
젖은 지평 위를 아슬아슬하게 걸어와
곤두세운 나의 모습 무턱대고 보려 했었을까
시름없이 몇 발짝 옮길 적마다
언젠가는 가 닿을 듯한
날 저물어 텅 비어 버린 정적靜寂 위로
가까이서 다가오는 것 마냥 그림자를 들뜨리면
두 눈 감고 서 있어야 할 누군가에겐
벌써 뉘우침에 지친 마음 스며 있는 듯
만신창이 된 몸 안출러가며 외로움 빚었으리라

내쳐간 그 옛날 아득하게 잃어버린 기억들조차

쉽사리 잊힐 헛된 꿈이 아니길 빌어 보던

기나긴 밤 지새운 손길로 써 내려간 우리의 약속들이

꽃 진 자리 그늘에 막무가내로 가리어져

시방도 갈래진 길 어디쯤 남아 있을 것만 같아

아무려면 잊어서는 안 될 그루터기 위에서

얼어붙은 지난날들을 돌처럼 차갑게

또다시 마름질해 본다는 것은

거기 온몸으로 배회하는 고독이 있어

발을 동동 구르며 뒷걸음질 쳤기 때문일 게야

여전히 감당할 수 없는 두려움에 뒷덜미 저려 오지만

허겁지겁 또다시 어둑새벽 맞이할 때까지

진정 변하지 않을 사람이 있다는 사실 하나만으로도

오래도록 가슴 시리게 눈물겨워질

이젠 기다림이 또 하나의 그리움이 되어 버린

마음에 각인된 이야기 죄다 나누며

머뭇거리다가 놓칠 뻔했던 끝 모를 미련

먼 훗날 옛 생각에 잠겨 띄우리라 전하고 싶다

같은 듯 다른 모습으로

더할 수 없이 가지런하게 차려 놓은
참 기막힌 종부돋움으로
제 속을 송두리째 채워갈 때에
채울수록 거친 숨결 토해내는 시퍼런 가슴은
위험을 무릅쓴 희열에 눈을 떴다
아슬아슬 매달려 온 세월 속에서
저절로 하룻날을 채찍질하여
발가벗은 채로 쏟아져 내리던 햇살이
기다림에 지쳐 귓전을 때린 욕망을 휘돌리어
발아래 땅 속으로 잠겨 든 날
태연한 척 서둘러 무릎을 치다가
드넓은 지평 위를 저벅거려야 하겠지
헤살 놓던 심기心氣 눈망울에 담아
두려움에 가득 찬 얼굴 무연히 난바다에 들면
벼랑 끝 파고드는 파도처럼
가도가도 머리를 맞댄 빛의 소리는
잡히지 않을 것 같은 한 시절에 떠밀려
볼 낯 없는 마음 기울여 다독여 본다

새로운 시작을 꿈꾸며

실타래처럼 스쳐간 날들이 어쩌자고 여유로웠다면
저물면서 옮겨간 내 꿈도 언뜻 웃었으련만
더 이상 잃을 것이 없다고 헤뜨리는 사람들도
절실히 원했던 무람없는 것들만 바라보았을 텐데
세상만사 보란 듯 내편이었으면 하는 속셈은
언젠가엔 공허함만 안겨줄지도 몰라
기어코 게으른 마음 긴 한숨으로 훗날을 기약하는
천근같은 발걸음 채찍질하여
견뎌 내야만 다가갈 수 있었을 게야
감춰진 흉허물 스스럼없이 들추어내다 보니
모두가 지나쳐 간 어색한 첫 대면에
빛과 빛들이 부딪혀도 보이지 않던
수많은 길들을 눈앞에서 펼쳐 보았으리라
지상의 끝에서도 잊히지 않고 읽혀져야 할
영문도 모른 채 숨어든 가슴 따뜻한 이야기들이
애써 앞다퉈 행간에 숨어들 때
모서리를 날마다 지우는 명상에 들어
낯선 곳의 풍경처럼 쭉 이어지길 바래야겠다

알 수 없어서

벗은 맨발에 실오리 하나 걸치지 않았다
사방을 둘러봐도
발아래 엎드려 가늘게 떠는 모습들이
을씨년스럽다
피할 수 없는 순간들에 내몰리듯
내세울 것 하나 없어 천천히 걸어 나오며
눈을 치뜬 사금파리처럼 허공을 올려다본다
뜨악하게도 갈피조차 잡지 못한
내가 닿아 머무르고 싶었던 곳은 어디쯤일까
버리지 못한 미련의 뒷문을 열어
지금 와서 오던 길로 또다시 되짚어가면
그대로 줄곧 멈춰 버릴 듯한
자지러지는 가슴 가까스로 진정시키며
사람들은 모두다 한마디씩 외쳐 댔겠지
오늘이라는 이 순간 하나쯤이야
의도하지 않은 이별을 눈앞에 두고도
지상의 언약 들추어 보듯이
헛도는 욕심 아직 남아 뒤따르건만

발길을 멈춰야 어렵사리 떠오르는
토막 난 기억의 얼비친 회상에 잠겨
해마다 계절은 다시 와 제 갈 길을 간다
그제서야 시선조차 마주치지 못한
제 속 헤집던 무성했던 날들도
머뭇거리는 몇 개의 침묵을 지켜본 뒤에
한 무더기 아픈 마음 달래 보다가
꿈꾸던 날들의 어렴풋한 넋두리 속에서
뒷짐 진 바람의 손을 가까스로 잡아야 하리
저물어 가는 지평 위를 풀쳐 생각하지 않으려고
꼼짝 못한 차가운 눈물 몇 방울 올려놓을 때쯤이면
저만치에서 날 선 욕심에 휘둘리다 멀어져간
온전히 다듬어진 은밀한 목소리로
삶은 두근거리는 긴장의 연속이라고
구름 한 점이 영문도 모른 채 종종걸음 치는데
스스로 분별 못한 것들을 지켜보기로 했다

숨 돌릴 겨를도 없이

바라다보는 내 검은 눈동자를 제외하곤
세상 끝까지 온통 새하얗다

저 높은 하늘 몽땅 덮고도 넘쳐나는 눈덩어리가
산등성일 넘어와 마을을 지나치며
강과 들로 뻗어 나가는 동안
구름 뒤에 숨어든 햇살은
얼굴 드러낼 낌새 보이지도 않는데

목화송이 같은 눈들이 황홀하게 눈을 뜨듯
결 따라 제 몸 굴리며 쉼 없이 내려온다

엇갈린 길들은 약속이라도 한 것처럼
옮기는 걸음마다 점으로 이어져
몸서리친 버둥질도 부질없단 표정으로
오던 길부터 가로질러 지워 버린다

눈길 닿는 쪽으로 가만히 고개를 돌려

조심스레 할 말조차 잃고 가뭇없어진 마음
다시 한 번 제 속 깊은 곳을 송두리째 비워낼 때
가야 할 곳 펼쳐 본 그 이후엔
도대체 숨 돌릴 겨를이라도 있긴 하였던가요

풀리지 않은 신비로움에 아무 말도 못한 채
닿을 수 있는 곳이 허공뿐일지라도
하얗다 못해 푸른 눈꽃 세상 어디엔가
발길 닿아 느루 머무를 수 있다면

돌아서서 헤아려 본 속 깊은 사람들마저
분간할 수 없을 높이까진 쳐다보려 할 텐데

사실 같은 허구虛構의 숨 가쁜 삶 속에서
비할 데 없어 한발한발 내디딘
애태우던 발자국에 스며든 사연들을
어리석은 욕심의 불쏘시개로 삼을 수는 없어서
깎아지른 시야에서 이제 그만 벗어나려 한다

어느새 저만치 소리 없이 붉게 물드는 눈시울
바람도 지쳐 공연히 침묵할 때까지
높고 낮음도 크고 작음도 모두 다 묻어 버릴 듯
부르터진 입술 깨물고 주저앉을는지도 몰라

가파르게 오르내린 삶의 푯돌 위에
가쁜 숨결 배어 있는 긴 그림자 걸쳐 놓고

쓸데없는 생각으로 몸살을 앓던 아픔의 흔적들이
소용돌이친 격정의 너울에 갇힐지언정
결코 포기하지 않을 나를 버리고 너를 거두는
잔인한 기다림은 견뎌 나가기로 하자

제2부

차오른 열기 속에서

하루치 행복

서서히 다가오는 떠다니는 바람처럼
놀랄 만큼 제 모습 잃은 전율에
해묵은 시간들이 가다 말고 멈춰 서길 포기한 채
한쪽 발 닿도록 휘청거리는데

주저앉지 말라고 커다랗게 외쳐 댄 사람들도
맨발을 벗은 채
하얗게 바랜 마음에 제 얼굴 붉히려는 듯
이따금씩 눈에 밟힌 그림자 되어
어디론가 가야만 할 성싶어

부끄럼 뒤로한 채 제 갈 길 훔치려는
무량한 욕심의 그늘 벗어나와야만
한 치 여유가 뒤늦게 스밀지도 몰라
아주 먼데서 사라지는 것들을 바라보다가

한참 동안 찾아 나선 너털웃음 그제서야 지으려고
굴레 벗은 직립의 자세로 달음질치련다

발자국에 어린 모습들

여리어져 가는 의미를 헤아리지 못하여
뜬소문에 휩쓸렸던 몇 가지 생각들을
놓아 버리려고 발버둥 쳐 보지만
겹겹으로 둘러싸인 변명들이 되살아나와
창백해진 제 스스로를 어루만지며 자지러진다
긴 시간 견디어 온 날카로운 돌기 위를
위태롭게 달려온 사람들 모두
숨결이 더 깊어진 한 가닥 유혹 앞에서
어리석은 욕심 어루만지며
명성을 차지하고 싶어 거칠게 포효했으리라
애틋한 날갯짓은 한결같아
명멸하는 기억의 아픔을 못 본 체하려고
숯등걸 같은 거칠어진 손으로
기척도 없는 그림자처럼
남 보란 듯 폼을 재며 아우르고 싶었을 텐데
미명未明에 가리워진 하루를 열어
아무것도 보이지 않은 허허벌판일지라도
한 번쯤 꿈꾸었을 내 딛는 발자국마다

당황스러울 만큼 무겁게 자리 잡고 있던
헤어나기 어려운 두려움에 마주치기도 했었으리라
희맑게 핀 꽃송이들도 언젠가는 있는 힘 다해
주체하기 어려운 몸에 의지하여
끝없는 벼랑으로 내몰릴지 모른다는 사실에
온종일 씨름하던 순간들이 숨 가쁘게 겹쳐지면
걷잡을 수 없는 격한 후회와
번민에 녹아들어 휘둘리지 않도록
긴 밤 설쳐 대며 지새웠을 거야
가까스로 아는 흉내조차 않으려 하다가
에둘러 작은 위안 삼으려 했었을까
마지막에 가선 송두리째 꽃피울
내미는 손끝으로 시간들을 돌려세워
세상이 환해지는 것을 어쩌다 느끼게 될지 몰라
잠 못 든 시간의 모서리를 한꺼번에 헤집어
눈물겹게 어렵사리 열어젖힌 마음
어느덧 물결치는 파도처럼 일렁이고 있었다

환성歡聲을 올리며

동틀 무렵 제 위치 켜켜이 돌아 나오는
지평에 선 아침 햇살 우러러보다가

심장이 사뭇 요동치는 소릴 듣는다

한참 동안 사방의 둘레가 아득하더니
어느새 환해진 눈앞의 모습들은

기다리던 소식이 때맞춰 오시려는 듯이
한 걸음 더 빠르게 귀띔하는 것 같아

주체하지 못해 닫았던 마음
아무려면 이제부턴 열어야 하리

다투어 일어서는 분분함에 이끌려
바람의 날갯짓도 빨라지는데

홀가분히 무거운 짐 벗어 버린 채

어둠과 빛의 경계에 아슴아슴 다가서면

순식간에 찾아오는 환희에 충만하여
비로소 망설임 없이 날아오르자

내달리던 팽팽해진 결기가 어디쯤을 지나
심연의 바닥 위를 구르려고 하는지

첫날밤 같은 유혹에 붙들린 하루살이처럼
더 이상 주저하며 서성거리지 말고

한 번도 본 적 없는 허공을 깨우기 위해
수심愁心 깊은 너울의 긴 여정 속에서

침묵이 남긴 숨소리 떨쳐 낸 순간

활기찬 몸짓으로 목소리를 높여 가며
도리반거리는 발걸음 조금만 재촉해 보자

차오른 열기 속에서

나지막하게 주절거리는 때 이른 봄소식에
덜컥 누군가의 다정한 손을 얹어
두근대는 가슴 넌지시 풀어헤치려 한다
앞다퉈 피운 어린 숨결의 가녀린 꽃봉오리들이
수줍음에 살며시 눈인사를 보내면
사라지는 고추바람에게서 여전히 들려오는
얼음장 힘겹게 무너진 소리에도
겨우내 움츠렸던 사람들은
마른 가지로 둘러싸인 숲속에 초록 날개를 편다
한 움큼의 무지갯빛 어깨동무하며
어느덧 재 너머로 헤뜨린 길 마중하였으리라
미완인 채로 유영遊泳하는 인생살이처럼
기다리던 마음은 이토록 들이뛰어 요동치는 것이라고
가야 할 길을 낚아채듯 환히 비추면서
한 곳으로 조심스레 힘을 모아 움직이기 시작하는데
참을 수 없어 차오른 열기 속에서
모닥불 같은 삶의 한순간을 위해
철모르는 내 눈길이 자꾸만 여울져 간다

찻잎 한 장 띄워 놓고

지친 마음 잇대어 들먹일 때면
해거름 타고 넘는 바깥세상 저만치 벗어나와
찻잎 한 장 찻물 위에 띄워 놓고
흔들리는 고요의 숨결 느껴 보면 어떠리

못 잊을 이름조차 잊어버린 사람처럼
땅거미 등지고 마주 앉은 채
버거운 가슴 짚어가며

지나가는 바람도 큰소리로 불러 모아
마디마디 푸르던 여린 사연들을
나지막이 이야기하다가

풀리지 않는 시름마다 송두리째 꽃물 들여
서둘러 발걸음 재촉하면서
불그레한 연모의 정으로 초조하게 뒤척거리던
옛 시절 애면글면 돌이키려
찻잔 속 스민 향냄새에 젖어야겠다

가닿는 마음으로

추위가 절정을 이룬다는 대한大寒에 이르러

소한小寒 무렵 묶어 둔 얼음이
빗물 되어 하늘거린다

예전엔 요맘때 혹독한 한파 몰아쳤었다는데

섣불리 영상의 날씨 찾아와
포근한 봄날처럼 속삭이고 있으니

세상에 이런 일도 있구나 싶다

에이는 바람이 눈발을 휘날리며
회색하늘 뒤집어쓰는 동안에도

얼어붙은 땅의 차디찬 틈바구니 사이로
앙당그린 마음 사그라질 때까지
햇살은 사부작사부작 발서슴하다가

연둣빛 새 이파리 슬그머니 눈을 뜨면
비로소 떨리는 고개 통째로 내밀어
머지않아 속살을 채워가리라

산다는 것은 선택의 연속이라 하지만

차라리 그지없는 마음 열어 놓은 채
일다 사라진 꿈 깨닫게 하기 위해

가슴 한복판에 열쇠처럼 은밀하게 남겨 둔

구름처럼 떠돌던 외로움의 끝을
어쩔 수 없다는 듯 겸연쩍게
태연한 척 바라다보면서

신기루 같은 초록 세상 펼쳐야겠다

미망의 목록

몇 개 남아 파르르 떠는 이파리들이
근심 놓지 않아도 맥없이 떨어져
땅 위를 구를 때마다 마른 숨 내쉬는데
겨울이 시작된다는 입동을 지나
하얀 눈이 온다는 소설에
아침부터 종일 내처 비가 내린다

곱게 물들지 못한 단풍잎이
가물음 탔던 원성 대신하려 함인지
한참을 더 올 기세다
풍요의 순간이 빗줄기에 한껏 움츠러들어
소슬바람 속으로 몸을 실으면

환하게 웃는 사람들의 탄성을 받아내던
한때의 우쭐거림도
멋쩍은 추억만 어루만지다가
먼 곳의 물소리처럼 비가 그치면
어쩔 도리 없이 그리움만 차오르겠지

잃어버린 듯 잊고 살아왔던 모든 것들이
한꺼번에 그 속에서 되살아나와
음역을 벗어난 단말마 같은 여운만 밀려오는데
그림자처럼 흔들리는 긴긴 한숨 소리
처연하게 나를 흔들어 깨운다

언제나 마음일 뿐이어서
오를 수 없었던 날들의 높이를
못 본 척 지나쳐 버린 후에도
가늠해 보려 했던 것은 아직도 건네지 못한
새로 뜬 수작酬酌이 있었기 때문일 게야

맨발로 저벅거리며 서 있는 나무들 사이로
한낮의 빛을 흘려 자지러지던
지난날 그럴싸한 기억들을 곁들이면서
가는 계절과 함께 오는 빗소리에
잊을 수 없는 것들의 모습을 떠올려 보며
이제야 긴 한숨으로 묵은 안부를 묻는다

한 가지씩 들추어 보며

하루해가 옷깃을 스치듯 지나가는데
분주한 일상의 근심의 고리는
아무리 해도 풀릴 기미가 없구나

고독에 젖은 적막에 가부좌를 튼
불안한 침묵이 다투어 분분하는 동안에도
미리 알린 다짐 두려 하는 듯
사라진 기억들을 뒤돌아보는 것일까

선한 눈망울을 가진 가슴 시린 사람들이
허공에 짓눌린 창백한 얼굴로
시간의 저울추를 끌며 어김없이 뒤뚱거리건만

가슴에 품은 덧없는 회한도 모르는 척
두려움에 찬 무거운 발걸음은
여윈 울음 같은 마파람의 긴 숨결 속에서
뜨겁게 북받친 마중물을 쏟아 부으며
가늘게 떨리는 마음 그대로 간직한 채 간다

뉘 있어 소리쳐 준다면

봄빛이 쏟아진다 그칠 새 없이 쏟아진다
밤새워 어둠 속을 헤매다가
잠에서 깨어난 어린아이처럼 눈이 부시다
아직 열리지 않은 고요한 아침에
나른한 눈꺼풀도 그대로인 채
자세를 바꿔 바라보는 가느다란 떨림을
지나가던 그 누군가 알아차렸을까
얼음장 밑에 잠들어 있던 차가운 마음
솔솔 부는 바람으로 부드럽게 덮으려는데
잎샘추위에 각혈하며 지새운 꽃잎들이
아리도록 파르르 흔들린다
뉘 있어 은밀히 소리쳐 준다면
끝이 보이지 않을 것 같은 먼 산을 끌어당겨
이만쯤에서 이파리 세우며 일어나라
햇살을 한껏 껴안아 부르는 풀잎 노래 들으려
신발끈 동여매고 발걸음 재촉하여
주저함 없이 달려 나가리라
머지않아 세상은 초록물결에 출렁이겠다

곱닿은 봄 길 위로

아직 영하의 맵찬 기운은 옷깃을 부여잡는데
벌판을 애오라지 가로질러온 입춘이
내일은 눈보라를 칠 것이라고 수군거린다
헛치마 입은 바람의 아랫도리처럼
사방팔방 언저리가 뻘쭘하게 엉거주춤하는 동안
수은주마저 떨면서 일어설 줄 모르는
게으름 피운 겨우살이를 겨워할 뿐
어느 곳 하나 온기마저 찾을 길 없다
가슴 죄어 오는 슬픔을 우두커니 깨물어
심상한 척 부려대는 헤살질 피하려
길섶에 필 한 움큼의 꽃 소식 기다리던 참이었을까
잿빛하늘 짙은 비린내 속에서도
더는 외롭지 않을 차가운 시간들을 마주보며
추호의 망설임도 허락하지 않을지도 몰라
감추고 싶었던 사연들이 애당초에 있었으려니
밝아 오는 첫새벽 이슬방울 지기 전에
투명한 눈동자에 안겨오는 무언의 손짓 좇아
어느새 감미로운 초록빛으로 물들어 가면

숨이 곧 멎을 듯한 벅찬 환희에 쌓여
온종일 지축을 밟고 무섭게 달려 나가리라
그림자처럼 웃음 짓는 그늘에 가려져
다행히 꿈속의 내가 보이지 않을지도 모르지만
뒤 한 번 못 돌아본 생각들을 곁들이는 척
열린 틈바구니 사이로 한결같이 미끄러지겠지
되새김질하며 떠돌아야 할 삶 속에서
새삼스레 오갈 데 없어 떠나지 못한
장막 뒤에 숨어든 머뭇거렸던 사람들의
다리오금 못 펴도록 꿈쩍조차 않은 발걸음은
서투른 목소리로 절정을 노래했다는 걸 알아챘을 게야
그제서야 애잔한 눈망울로 긴 그림자 드리우듯
추억에 취해 한참을 흐드러지다가
발길 바쁜 곱닿은 봄 길 위로
부는 바람 따라 천천히 흘러도 사라지지 않을
흔들렸던 마음 접어 기꺼이 달려가 보리라

세월이 흐른 후에야

어느 순간부터 알 듯 모를 듯 시선을 돌려
아버지 빈 자리 감돌아들기 시작하더니만
예쁘지 않는 손가락 어디 있으며
깨물어 아프지 않는 손가락 없다는 걸
자식 낳아 복닥거려 본 후에야 알아차렸다
보고만 있어도 흐뭇해하시던 표정을
그땐 어쩌다 눈치 채지 못했을까 어리석음에
왜 이리 명치끝은 저려 오는지
요즘 들어 한참을 생각해 보니 눈물이 괸다
용서를 구할 속죄의 기회조차 없었는데
철없던 시절엔 제 잘났다 목소리 드높이다가
빗맞은 일들은 죄다 부모 잘못 만난 탓이라고
발버둥친 세월에 기대어 속닥거렸던
실답지 못한 타박만 늘어놓았으니
옆구리에 바람 들어 뼈마디마저 삭아 가는
가뭇없이 멀어져 간 세월 늘그막에 와서야
하해 같은 은혜 조금은 알 것 같아
다다른 마음 못내 울컥 매어지고 있다

후회

서늘한 바람에 떠밀리는 이별의 기슭에서
슬퍼하지 않은 사람 누구 있으랴 마는
내쳐간 세월 함께 숨 쉬던
모태母胎의 손을 난데없이 놓는다는 것은
참으로 가혹한 형벌이어서
어린애처럼 소리 내어 숨죽여 울었다
어머니를 황망히 여읜 뒤엔
가시덤불에 몸을 누인 아픔으로 남아 있는데
먼 하늘 이고 세상 뜨신 모습 생각할수록
함부로 떨어뜨린 초라해진 눈물도
억장이 무너지던 만장의 뒤를 좇아
서러운 곡을 하고 있었을까
가시지 않은 지난날 아득한 궤적 속에서
정녕 잊을 수 없어 사무치게 보고 싶어지면
마지막 손사래 떠올려 보다가
한 자락의 그리움에 매달려 처연히 소리쳐 본
그 무딘 사랑의 속내 가까스로 알아차리고
고개 숙여 두 손 모아 용서를 빕니다

걸음걸음마다

가야 할 곳이 어디로든
허공에 뜬 구름 몇 조각 매달고서
낯익은 길 가는 듯
드레진 발걸음 들썩이며 걸을 때

하루를 향해 있는 힘 다해
우뚝 솟은 절벽을 가뿐히 넘어선 채로
서둘러 찾아오는 아침 여는 소리에

잠자던 새들도 익숙하게
웅크린 날개의 깃을 펼쳐 드는데

마음은 오래 전부터 부풀어 올라
고동치는 맥박이 바장거린다

혼내키는 바람의 호명 또렷해질 때까지
잠시간이라도 어정쩡히 주저앉을 수 없어
고빗길에 가쁜 숨 몰아쉬어도

거친 소용돌이에 느닷없이 갇혀 버린
추레한 날들의 어지러운 기억 속을
움키던 주먹 바짝 쥐고
보란 듯이 헤칠 수 있으리라

미룰 수 없는 꿈을 끝까지 갈망하며
쏟아지는 햇살 잘게 문 채
잡히지 않던 겨를을 가차 없이 바라볼 수 있다면

거미줄처럼 얽힌 미로가 스스러워
헝클어진 옷매무새 가다듬는 동안
켜켜이 쌓인 어둠도 금세 무너질 듯하여
머뭇거릴 시간마저 별로 없구나

한 마디 말도 없이 아무렇게나 속을 내비친
뜨거운 숨결에 부끄러워하다가
다시금 나는 한 치 앞에 겸연히 선다

탄생

반짝이는 밤하늘의 한 줄기 별빛을 아울러서
푸른 아침 깨우는 그윽한 햇살 위로
환희에 차오른 얼굴이 떠오른다

산고의 고통 고스란히 이겨낸
새 생명의 우렁찬 울음소리 강보에 싸여
마침내 이 땅에 첫발을 내딛었으니
얼마나 기다렸던 우리들의 만남이더냐

한 떨기 아름다운 우러러보는 꽃처럼
아기자기한 사랑의 인사를 나눈 채
초롱초롱한 여린 눈망울 따라 다가온
꿈결에서도 만나고 싶었던 예빈이와 유빈이의
티 없이 맑은 어여쁜 미소는
사방을 단걸음에 환하게 만드는구나

아낌없이 설렌 가슴 속 하얗게 물들여 버렸던
목마른 침묵 드리워진 소망이었던가

이렇듯 절묘한 만남은 미리 준비되어 있었는지
진작에 노둣돌을 놓아 노드리듯 만났어야 했을 우리
비로소 마음과 정성의 끈을 이어
하늘이 맺어준 축복인 양 곁에 와준 것에 감사한다

곱다랗게 피어난 꽃봉오리 보는 듯
서로를 닮은 모습 단단히 옭아맨
사뭇 다르지만 같아진 쌍둥이니까
안겨 주는 기쁨 또한 두 배보다 더 클 것만 같아

천진스럽게 내젓는 고사리 같이 바둥거린 손
넋을 놓고 바라보고 있을 때면
집안을 온통 훈훈하게 만드는 다붓한 행복이
샘물 솟아나듯 가득히 흘러 넘쳐
너희들의 유다른 탄생이 참으로 자랑스럽다

생각만 하여도 천하를 통째로 얻은 듯한
새삼스레 혈육의 인연으로 눈시울 듬뿍 적신

유빈이와 예빈이가 힘차게 발돋움할 때까지
들썩거린 이 순간을 오랫동안 간직하려고
지상의 모든 찬사를 모아 박수갈채 보내노라

애지중지 보물단지처럼 자나 깨나 눈에 밟혀
터질 것 같은 달뜬 마음 부풀어 올라
영원히 간직하여야 할 벅찬 감동
잊지 않으려고 여민 옷자락 거듭 다독거리며
살아가야 할 이유 깊숙이 아로새기려 한다

아무쪼록 바라건대 눈부신 세상의 문을
건강한 지혜로 활짝 열어 나아가기 바란다

아기의 자는 모습

바로 이제 바람결에 잠든 아기 곁에서
티끌 세상에 물들어 허우적거리던
거친 내 숨소리가
아기의 살가운 몸에 닿아
깨우기라도 할까 두렵나니
하늘 아래 어떤 힘보다도 부드러움을 가진
천사처럼 예쁜 모습 아기야
더 없는 마음으로 볼을 간질일 때
순진무구한 미소 머금고
새근새근 곤하게 잠든 모습
아무 생각 없이 바라보고 있을 적이면
마음은 저절로 겸허해져
두세 번씩 옷깃을 여미게 하는구나
어느 때나 진실되고 아름다운 것들만
보고 듣고 간직해 가며
마음을 활짝 열어 드넓은 미래를 펼치거라
세상에서 제일 사랑옵는 이름 아기야

참으로 진실된 가족이란

해거름 속으로 다시 한 날이 저물어가면
고단해진 몸은 노을에 기대어 애써 눅잦히는데
두고 간 마음 들춰보는 순간마다

살붙이들이 정겨움에 겨워 기다리는 집으로
발걸음 하뭇하게 옮기며 출렁인다

진종일 옥죄어 드는 어지러운 세상을 향해
참으로 진실된 가족이란
기어코 등을 맞대고 온기를 나누는 인연인 게야

어둠이 부려 놓은 얘깃거리들이
수평선 너머 파도 속으로 죄다 흩어진다 해도

서로 곁에 머무르며 줄곧 지녀온
가슴속 깊이 소중한 모습으로 떠오를 때
넘칠 듯한 웃음소리 풀쳐가면서
여미는 발길에 행복을 담아 가야 하리라

제3부

행여 뒤는 돌아보지 말고

마음의 끈 묶어가며

먼 산 휘돌아 들어 창밖을 바라보다가
살아가면서 땀방울 수북하게 훔치며 갈지라도
무진장으로 속도를 낼 수만은
없을 것 같다는 그럴듯한 걱정에 괜스레 휩싸인다
제 속 숨겨 가며 위험에 노출된 세상살이에
변하지 않을 삶의 이치 좇아가는 동안
앙금 같은 꿈 등에 업은 사람들이
요령도 없이 무턱대고 발걸음 옮길수록
누군가 말하려 한 불멸의 위치 찾아갈 수 있을는지
물욕에 부딪혀 갈 곳조차 잃어버린 사람들 또한
허술하게 뒤돌아보는 일 하나같이 마다하고
어둠의 굴곡에서 빠져나와야
눈부신 햇살 줄지어 만날 수 있을 텐데
그래도 신비로운 인연에 닿은 한 번뿐인 삶을
뜨거운 손바닥으로 짚어 갈 때에
생각의 방향이 달라 더 깊어진 심연에 갇힐지언정
여전히 가없는 마음의 끈 묶어가며
제 갈 길 질박하게 열어 가야 할 것만 같다

더 나직한 몸짓으로

태어나면서부터 지녔을 풍찬노숙 같은 어려움
거뜬히 이겨낼 올찬 모습 생각해 볼 적마다

시계바늘처럼 철모르고 내달리던
천성이 신실한 사람들마저
어찌하여 잠시라도 멈춰 설 수 있었으랴

믿었던 세상이 한꺼번에 무너져 내릴 때
가쁜 숨을 몰아쉰다는 것은
쉬지 않고 가야 할 길에 물기 머금은 소망이 아직
남아 있다는 징표일지도 모르는데

더 이상은 침잠할 수 없어
심연의 한복판에 기막힌 가부좌를 틀고서
끝 모를 번뇌로 제 속을 비우다가

게으름에 안다미로 빠지지도 아니한 채
무람없이 바쁘지는 말고
가녀린 등불 하나 도처에 켜 놓으려는 듯이

조금씩 나아가며 이루면 되리

한낮의 열기에 바람 등진 고단한 영혼처럼
초록동색草綠同色 불태우며 살아온 모습
마음속 뒤집어 준엄하게 나무라던
언뜻 비춰지는 발자국 위로
잠시라도 뿌리내리며 사는 것이거늘

욕심을 더하면 불행은 기웃거릴 것만 같고
덜어내면 행복이 찾아올 성싶은
할 일 없는 논리에 이젠 행여 토 달지 말자

작은 것에 알맞게 부끄럼타지 않으려 한
괜한 걱정거리 몇 개 가슴에 담아
더 가꾸어 나가야 할 아근바근한 날들을 위해
고빗길마다 재바르게 움직이기로 하자

눈시울 붉게 물들여

미움도 한때는 사랑이었다는 것을
덧없이 의구한 세월 흐른 후에야 알았다

가슴 깊숙한 곳에
다정스런 마음 하나 남기려고 지켜보다가
여리게 들썩인 가냘픈 힘이
해바라기 같은 꽃대를 밀어 올렸는데

뜻 모른 생각들에 어렵사리 둘러싸여
올레줄레 세상인심에 부대끼다 보니
가로지른 길마다 얽히고설켜 버린
알 수 없는 외로움과 어울리지도 못한 채
한쪽으로만 잇닿아 기울어져 갔구나

숱한 바람 짊어지고 변방으로 밀려나와
헛발질하는 횟수 늘어 갈 때
초췌한 번민에 스며든 발걸음은
꼬리 감춘 눈시울 이내 붉게 물들였지만

수없이 다짐하던 그 어느 날부터였을까

꼼짝할 겨를 없는 잠깐 스친 삶 영원처럼 누리려고
스스로를 채찍질하여
움켜쥐고 있었던 구멍 뚫린 욕심에 전부를 걸었던
궁색한 변명에서 벗어나려면

도대체 어느 세월 동안
원하는 만큼 얻을 여지가 있긴 하였던 가요

멀찌감치 발버둥 친 사람들이 밤낮 안 가리고
잡히지도 않을 노다지 움키려는지
여태껏 박음질하듯 가쁜 숨 몰아쉴 동안엔
저 혼자선 끝내 닿을 수 없을 것 같아

가던 길에 감긴 눈 띄어 가며
내가 먼저 외면해 버리듯
저 멀리서 당도한 무심한 헛바람을 본다

사표 쓰기 전에

절제된 마음으로 들숨날숨을 쉬며
잊었던 말 다시 안출러야 한다

딱 한 번만 모질음 쓰고 나면
스러질 듯 스스럽게 이겨내다 보면

예전보다 조금은 더 수월하게
참을 인끼자 모여들어

저만치 자꾸만 눈에 밟히는
여배우처럼 어여쁜 아내와

붕어빵 같이 귀여운 아들딸
쳐다보는 눈길 속에서

보름달만큼 해맑은 미소 흘러넘쳐
타닥거린 하루가 행복에 젖는다

생각은 다시 이어지는데

기척도 없이 떠나간 그대가 안절부절 못하고
다시 돌아올 것 같은
걸음을 뗀 기대는 손사래 치며 멀어져 간다

저만큼 낮과 밤을 등지고 걷던
야윈 발목 바라다보니
시린 발가락은 얼마나 추웠을까

얼빠진 생각의 깊이만큼 바람을 헤쳐 나오는
기다리던 소식 언젠가 올지도 몰라
깜박이는 촛불이 대책도 없이 다 탈 때까지
힘겹게 닫힌 마음 반쯤 열어 두었으나
가슴만 뛸 뿐 도무지 소용없구나

흐린 기억에서 멀어져간 시간들을 깨워
닿아야 할 곳의 모습 아우성치듯 가늠해 보려는데
다정한 재회 새로이 목 놓아 기다릴 성싶어
슬그머니 눈길은 문 쪽으로 쏠린다

여름 한창때

바람도 다가갈 수 없어 쩔쩔매는데
성이 바짝 난 검붉은 해가
통닭 굽듯 맹렬하게
땅덩어릴 돌려가며 까무러진다

한 번에 참았던 숨 죄어치듯 내뱉으며
맨가슴으로 숨어든 비지땀조차
더 이상 머무를 곳 그 어디에도 없어
옷자락 훌훌 벗어젖힌 채
잉걸불에 뛰어들어 헐떡거리다가

목물 끼얹는 불붙은 등줄기 위로
망연자실 어둠을 부려 놓아도
내려앉은 서슬 시퍼런 지독한 열기

제 몸 하나 주체하지 못해
불야성 이룬 밤하늘에서 아우성친다

작달비

빗줄기가 오락가락 산정山頂으로 치닫는다

아주 잠깐 처음에는
더위 잡아줄 청량제라 언성을 높이다가
눈에 밟혀 온 낯익은 창밖 풍경에
바라볼수록 심사가 뒤틀리는지
물비린내 쉽사리 그칠 것 같지 않아
빗속에 서 있는 사람들은
부아가 치밀어 오른 불편한 눈빛으로
부르터진 발바닥 들여다본다
정도가 지나치면
이루지 아니함만 못하다고
뒷덜미 낚아채듯 노려보고 있는데
큰물 져서 쌓인 시름 보는 둥 마는 둥
오늘은 아침부터
굽이마다 발목을 움켜잡고 있다

이제는 작정하고 미친 듯이 퍼붓는가 보다

개망초

태어난 사연 몸속 깊이 간직하여 둔 채
서 있는 자리마다 지천으로 피어
실개천을 가로질러 다가오라 손짓한다

찾는 발걸음 누구 하나 없을지라도

사위를 경계하는 시선이 주춤하는 사이
하얗게 탈각脫却된 마음 단단히 묶으면

움켜쥐고 있는 여백의 한쪽을 풀어
햇살 한 자락에 비쳐보다가
아물지 않은 생채기를 쏟아 놓으려는데

알아볼 수 없도록 남김없이 스러져

저 혼자 작은 목소리로 되뇌이건만
돌아오는 건 밥알 같은 생각들일 뿐
눈을 감아도 눈에 밟히는 밤에

초승달처럼 참으로 아득한 거리에서
바라보는 곳마다 어려 있는 그리움
서걱대는 꽃잎에 함부로 담아
숨죽이며 고요히 띄워 보낸 중에도

언제까지나 부메랑처럼 어디로든 흔들려
회한의 몸부림 아니길 빌어 보는
잡힐 듯 말 듯한 무량한 사연

오로지 지금 이 순간만을 위하여

이름 없는 빈 허공 기꺼이 더듬어
무더기로 한꺼번에 잊으려 함인지

하심下心의 전언 따라 내지른 여린 미소
잠시 비껴선 바람에 실어 보내려 한다

한 뼘의 채움

하는 수 없이 외돌토리로 지켜볼 수밖에 없어
굵어지는 빗방울 궁굴리며 바라다본다
순식간에 발목이 비에 젖은 사람들은
걸음의 틈새 불쑥 늘려 가려는 듯
조심스레 제 키를 낮추는데
빗줄긴 먼 곳에서부터 전속력으로 달려오고 있다
어디에 닿으려고 저토록 피워 대는 소란인지
조용히 창가에 이마를 맞대고
발자국 세어 가며 말문 잃을 즈음이면
몰아쳐서 다그칠 요량으로 도리반거리니
망연자실 단번에 부딪칠 것처럼
한 치 앞도 못 본 누군가 화들짝 놀라
물먹은 허공 물끄러미 바라보는 도중에도
제 살 찢어 굵어진 물보라는
일제히 고도를 높여 튀어 오른다
살다 보면 우리네 삶도 떼로 몰려온
청천벽력 같은 일들 생겨나기 마련이라지만
날 저문 뒤에 어둠을 빗디뎌 넘어질 때마다

마른 길 하나 골똘히 생각할 때 없었으랴
차라리 삶이 불투명해질수록
멈추어 선 피곤한 얼굴 껴안아
어디로 가든 머뭇거리지 말자고 졸라 댄
흔들리는 마음 한 번 더 흔들리면 어떨까 싶다
문득 가야 할 길 끝 간 데까지 멀어지거든
위태로운 모습으로 두 발을 들이민
본래의 자리를 고스란히 떠올려 보면 좋으련만
푸르던 시절이 실어다 놓고 실어 간
침묵하는 오래된 기억들을 들추어 보다가
아무리 그리워도 둘러가지 못할 것 같은
허둥거렸던 남루의 발자국마저 지워 갈 적에
바람처럼 파고들어 우연처럼 스쳐 갔을
가뭇없는 산봉우리 하나 떠올려 가며
못 견딜 만큼 차가운 신념 바꾸지도 못한 채
어쩌다 잃을 뻔한 한 뼘의 채움을 위해
어느 낯선 곳에서 허우적거려야 할 것만 같다

그리움 남겨 둔 채

생판 에돌던 하늘에서 뉘엿해지는
어스름 저녁 해가
사정없이 빛무리져 내려앉는데

소매를 걷어붙인 채
무성한 바람 소리 일으키며
어둠을 뒤집어쓴 채 떠나가던 사람아

가시지 않은 무언의 미련이
귀울림처럼 켜를 지어 남아 있는 듯

오래도록 은밀하게 간직해 온
어렵사리 우겨 댄 흰 눈 같은 그리움도
그대와 나의 뜬 사이를 좁히지 못해

기다림에 지친 발걸음조차
웅숭깊은 시간 속으로
기척도 없이 사무치게 멀어지려 한다

문득 돌아보면

아물지 않는 생채기를 다독인 손길이 분주하다

떠돌다 간 발걸음은 때마침
어스름 저물녘을 기막히게 바라다보고

어렵사리 달무리진 해묵은 목록은
사라지는 것들에 대하여
맨 처음 모습 되찾아보려 안간힘 써 보지만

세월은 지문도 없는 지난한 흔적을 쓸어 낸다

조각난 기억들이 자꾸만 제 눈금 짜 맞추려
한 생애가 고스란히 들썩거리는데

지척에서 울먹이며 애써우는 눈빛으로
우연처럼 초췌해진 모습에 놀라 지나쳐 갈 때면
바람의 손이 가리킨 길모퉁이에서
뉘 부르는 소리 오랫동안 들려오고 있었다

이젠 두 손을 모아

영원히 사랑할 것처럼 생각만 키우던
푸르던 잎새 하나
세월이 저 홀로 깊어진 한참 후에야 알았네
누가 먼저 말할 절실함도 없이
지평의 끄트머리 어디쯤이었을지
진실의 가면을 쓰고
허영의 보따리 감추어 놓은 채
위선의 그늘에 숨어들어 하얗게 태운 열정도
온밤 지새우며 눈 맞추다가
새벽에 쫓기듯 중천을 가로질러
발자국만 남기고 떠나갔었는데
어둠이 다시 찾아 들자 그제서야
얼굴 반쯤 지긋이 내밀고 발보였단 반신반의로
거치어 오다 헤어지게 되었다는
세상이 다 알아버린 귀동냥마저
왜 하필 철모르던 우리 둘만 진작에 몰랐을까
지난 것에 대한 그리움 여태껏 남아 있어
언제쯤이면 에움길 끝나는 곳에서

깨진 사금파리처럼 날카롭게 파고들었을

두려움에 야단법석 오독에 빠져

바람이 가르쳐 주는 전언에 따라

두 손 맞잡고 가지런히 발맞출 수 있다면

마침내 안타까운 사연 위로해 줄

미처 나누지 못한 정담을 들추어 보고 싶구나

멀리 있어도 보이는 마음의 문에 다다라

그땐 이마를 맞대어 소곤거리며

한평생 쭉 간직하고 가야 할

신열 같은 성긴 바람이 주고받던 눈빛과

가리어 둔 약속도 있었을 테니

잡을 수 없을 만큼 세월 흐른 동안

끝까지 남은 믿음 하나로 빈 시간 채우려는 듯

후회에 젖어 남겨둔 미련 꺼내 본 어느 날에

지상의 모든 꽃들을 바라보기로 하자

길에서 길을 물으며

언젠가 한없이 분분할 사소함에 싸여
잊힌 기억의 자취 아무것도 가늠하지 못하고
서둘러 시간만 축내고 있는 중입니다
삶은 계란 한 개와 물 한 모금 마신 채
한 끼 식사 대신하고 마방일 한다는
의지에 찬 노부부의 영상물을 보면서
초롱초롱한 눈동자를 잊지 못하고
마음은 간신히 생뚱맞아 가는데
언제쯤에선 한없이 잇닿을 충만을 그리며
무언가 해야 한다고 골똘히 생각하다가
사뭇 그대로 믿을 수 없다는 듯
목이 메어 가슴을 칩니다
자나깨나 게으름에 빠져 버둥거리는
의기 잃은 내 모습에 마음껏 실망하면서
걸음을 옮길 적마다 실마리를 찾아봅니다
부르튼 발이 헛디딘 순간들을 떠올려 보며
제풀에 겨워 털썩 주저앉기 전에
돌처럼 단단한 꿈은 없는 것일는지

언제나 마음일 뿐인 이야기 떠올립니다
아침이 들면서 한없이 쏟아지는 햇살처럼
멈출 수 없는 길에선 진실로 멈추지 않겠다고
지난 세월 몇 번이나 다짐해 두었는지요
철없이 바꾸어 버렸던 헛된 맹세의
겸연쩍은 웃음이 터져 나옵니다
이제는 마음 넓혀 한 세상 흐르는 동안
땅 위의 누구도 내 곁에 없을 것 같아
아무려면 고독한 뒷모습은 보이지 않으려
낯설다는 말 한마디 문득 떠올립니다
바라보는 걸음마다 흔적을 더듬어 보지만
불지 않는 무연한 바람은 바람이 아니고
꾸지 않는 꿈은 이룰 수 없다는 것을
첫눈 내리던 날 두근거리던 홍안紅顔의 마음으로
가던 길 남김없이 가보려 합니다
그나저나 그 길의 끝은 있을는지요
잃어버린 줄 알았던 길 위에 서 있습니다

그때나 지금이나

어쩌면 지금도 어디엔가 있을 것만 같은
달뜬 마음으로 그대에게 띄운 편지
시간을 스쳐서도 도착하지 못했다는
망연스러운 소식 잇닿고서
떨리는 손을 얹어 오늘은 속엣말 꺼낼까 한다

그 많던 사연들 까닭 없이 떠나가 버린
바랜 기억 속 또렷한 흔적들을
아무리 버둥거려도 지을 수 없었는데

무수히 많은 어지러웠던 순간 마땅히 꿰매어
비탈진 허공에 매달아 놓을 듯
닿지 않은 발길을 추슬러가며
쓸리는 바람에 내맡기려 했었을까

가늠하지 못한 연유 어떻게 달래야 할지 몰라
되알지게 너울거렸던
어둠 한복판 가로지른 말머리들이
가슴 한자리에 깊숙하게 둥지를 틀었을지라도

숨죽여 되짚어 본 심정 어쩌나 싶다

다시 한 세월이 저 멀리서 기웃거리고 있건만
가시지 않은 성장통 하나 안은 채
졸음에 겨운 성긴 눈처럼
사랑도 움직인다는 걸 알아챘을는지 모르겠구나

저 혼자서 어디로든 발걸음 옮기려 한 모양새로
하릴없이 망각의 언저리만 돌고 돌아
설렁댔던 묵언의 순간까지 그렁그렁 드리워
벼랑으로 이어진 길목에 쌓여 있는지

생각날 때마다 고독에 지쳐
하마터면 닿을 수 없었을 거리를
아픈 집념으로 내달렸던
허술한 안간힘은 이젠 곰살궂게 쏟지 않으려 한다

종점에서

바람도 명상에 드는 시간
지붕 위에 내려앉은 달빛이 교교하다
예까지 후줄근히 와서도
잠들지 못한 사람들이 졸린 눈을 비벼 대며
어둠의 손잡고 고샅길로 접어드는
저 오래된 고독에 절은 뒷모습을 보아라
돌아보면 어디선가 벅적대던
구름 떼 같은 부지런한 인생들이 기웃대다가
누군가의 발끝에서 뒤척거린 신음 소리 울릴 때면
삶의 의미 새김질하며 허우적거리고 있을 게야
밤은 아무것도 기억하지 않으려는 듯
보이지도 않은 미로를 궁금해 한 채
머지않아 타오를 아침 햇살 생각하겠지
지평 너머 어디로든 소망도 없는 얼굴을 돌려
우물처럼 깊은 속셈 내려놓지 못하는데
순식간에 추락하는 제 그림자 부여잡고서
무언의 세월에 둘러싸인
은빛 같이 환한 몇 겹의 허공을 본다

행여 뒤는 돌아보지 말고

아무러하든 지금부턴 텅 빈 허공 따라 어디로든 주저 없
이 지나쳐가려 한다

때론 황량한 벌판에 여전히 나부끼고 있을 깃발을 망설
여서 바라보며 걸어가야 하겠지

맨 처음엔 지척에 환한 등불 매달아 놓은 채로
그 다음에는
날마다 하나같이 마음 한 자락씩 접어가면서

깨어나지 않을 꿈처럼 제 모습 가리고 있는 위선僞善의
한 가운데를 가까스로 빠져나와 무연히 흔들리며
실다운 바람에 어깨 맞대어 조금씩 흘러가다가

사방이 어둑해질수록 무장 설명하기 어려운
우연인 척 아는 체는 처음처럼 애쓰지 않기로 하자

기다렸다는 듯이

아침부터 하루 종일 내리던 봄비가 겨우내 웅크린 산과 들의 찌들은 속살을 씻어내다가 들부셔낼 곳 미처 남았는지 어스름 속에서도 흐드러진 제 모습 훑치고 있다

보이는 곳 어디라 할 것 없이
파릇해진 마음마다 상쾌하다

해마다 오는 봄이지만 꽃샘의 앙탈도 아랑곳하지 않은 채 유달리 싱긋하게 부는 바람이 아직까지도 좁혀지지 않은 그대와 나를 닮은 계절의 틈바구니 사이로 편지 한 장 슬며시 떨어뜨리고 가자마자 땅속에 있던 여린 싹들이 지상을 끌어안을 듯 일제히 고개를 내밀고 올라오기 시작한다 잎마다 해맑은 미소를 머금은 직립의 자세이다

제4부

이슥도록 이어내려

내쳐간 시간 속으로

아름드리 사연들이 보일 듯 말 듯 떠오르는
숨겨 둔 시간의 여백 속에서
마주잡은 손에 서로를 접속하면

동그란 입술에 닿아
전류가 하뭇이 흐른 한참 후에도
가시지 않은 여운은
붉은 가슴으로 스며들었다

이따금씩 만월의 그림자처럼 섬광에 휩쓸렸던
먼빛으로도 잊히지 않을 푸른 날에
세상을 모조리 얻은 듯이
난생처음 부끄러움 타며 껴안아 보았던
지우고 없는 얼굴 형체도 없이 떠오르는데

회오리친 기억 안쪽에서
댓잎 같은 마음 추슬러
잡을 수 없는 감회에 마냥 젖어 들고 있었다

손에 쥔 하루

볼썽사나운 모습으로 가부좌를 트는 마음은
팔자 늘어지게 뛰놀다 간 어느 낯선 곳에서
목멘 개 겨 탐하여 전율하던 사람처럼
겹겹으로 시새움에 젖어 설레었다
휑하니 지나쳐 버린 틀에 박힌 사연들이
기억하지 못한 순간들을 수소문할 적마다
되돌아오는 것은 들리지 않는 메아리뿐
손에 쥔 하루가 어둠 깊숙하게
오래 묵은 풍경 속으로 슬며시 내려앉는데
허공을 어루만지며 훔척거리던 바람 소리
아물지 않은 상흔傷痕이라도 남겨 놓기 위하여
어디선가에서 귓가를 설핏 스쳐갈 적에
세월이 닦아 놓은 주름살 위로
움푹 파인 발자국 어림잡으려 한다
생각은 늘 가슴 언저리만큼 깊어지다가
가벼워진 몸 어른어른 내려놓으려 하였거늘
빼어난 꽃처럼 정녕 우러를 수 있다면
모두들 떵떵거리며 살고 싶었을 게야

한줄기 소망의 끄트머리 가까스로 잡은 채

조금씩 차오르는 초승달을 거울삼아

바윗돌 닮은 거북이의 걸음 마냥

홀린 듯 앞만 보고 달려왔으련만

욕망의 늪은 여태까지 채워지지 않은 것인지

걸머지고 떠날 수 없다는데도

애써 감추려 했던 몸부림 뒤에 용케도 숨어

나도 모르게 저절로 얼굴만 붉어진다

허구한 날 숨죽인 채로 나동그라지는

따가운 눈총에도 아랑곳 않으려는 듯

하나같이 자신만 찾던 얄미운 넉살마저

맨정신으론 잠들지 못해

한 방울 눈물 속으로 밀려든 회한을 뒤집어쓰고

떼밀려 가는 이유조차 아무리 해도 모르는 척

이제나저제나 무심히 제 갈 길을 물어본다

생명의 소리

숨이 턱에 와 닿는 고갯마루 너머
굽이진 오솔길 거닐다가

어느 때쯤은 얼어붙은 강을 건너와
사붓한 행낭 하나 내려놓고서

몇 겹으로 접은 서찰에 적혀진 내용을
조바심 내며 황급히 읽어 내리는데

강남간 제비 뒤미처 도착할 것이라고
동면에서 깨어난 개구리가 알려온
경칩날의 화급한 전갈에

우듬지 끝에 일던 바람이 흔들린다

구멍 숭숭 뚫린 허공에서 쏟아지는
겨우내 서슬 시퍼렇게 움츠렸던
틈조차 보이지 않던 가냘픈 햇살이
어느 순간에 섬광처럼 다다를지 몰라

가지마다 열리는 잎새 수놓아 가며
사방의 둘레가 저마다 분주해지면

봄소식 물고 온 새들의 지저귐 속으로
벌 나비들 한꺼번에 몰려들어
불끈대며 솟아오른 생명의 소리

팽팽해진 꽃들은 춤을 추듯
지천으로 속살거리며 피어나겠지

우듬지 끝이 또 한 번 흔들린다

숨 돌릴 새도 없이 날갯짓 해댈 때마다
아롱진 하늘빛에 닿으려는 것일까
저 멀리서 누가 오시려는가 보다

섣달 그믐밤에

뒤척이는 햇살 한 움큼 등에 지고
숨 가쁘게 달려왔는데

되돌아갈 수 없는 아쉬움 달랜 채

박음질한 발자국에 촘촘하게 담겨
아득히 저물어 간 경계에 서면

꿈에 젖은 두 손을 가지런히 모아

하루하루 지나간 삼백예순닷새가
잇닿은 정월 초하룻날 향해

풀기 찬 마음자세로 큰절하며
우러르는 경배의 몸짓

준엄한 새 출발을 알리고 있다

삶의 뒤안길에서

보는 듯 마는 듯 쑥스러워 뒷짐을 지고
한참을 생각에 잠겨
몇 발자국 가다 서다 말고 다시금 뒤돌아보며
기척조차 남기지 않으려는지
재활용품 쓰레기 더미 속에 흩어진 물건들을
날쌘 눈빛으로 재고 빠르게 훑어보다가
마침내 주섬주섬 거두어 하릇이 걸음을 옮긴다
누군가는 내다 버린 물건이건만
누군가에겐 저토록 절실하게 필요했다니
바라보던 내 마음은 풀기를 잃은 채
뒤통수치고 얻어맞은 듯 그 자리에 얼어붙었다
순식간에 머릿속이 하얘지는데
생전에 딱 한 번만이라도 저마다의 처지를
서로가 맞바꾸어 생각해 볼 수 있다면
시야에서 멀어진 모습 속에 고스란히 담겨 있는
굴곡진 우리네 삶의 뒤안길에서도
지금보다 훨씬 더 환한 마음자리들이
어떤 생김새로 있을는지 허허롭기만 하다

한 치 앞도 못 본 채

가끔은 한 치 앞도 가늠할 수 없을 때면

검질기게 버티던 쇠잔한 몸뚱어리
있는 힘 다해 일으켜 세워
언젠가부터 또다시 지평 위에 서 있다

마음속에 간직해 오던 비밀처럼
거칠게 삭아간 가슴앓이 주체하지 못해
절정의 순간 소름 돋듯 지나와
어느 틈에 널브러진
지을 수 없는 흔적만 남기려 했을까

겹으로 동여맨 갈피마다 들추어내어
한꺼번에 털어놓을 듯이

잃어버린 출구의 표지標識 앞에서
얼음장 같은 차가운 눈길로
수척해진 기억들을 때맞춰 떠올려 보며

입안에 삼킨 혼잣소리 주절대다가
갈래진 길 반듯하게 되돌아온
바르집은 발자국 덧칠해 본다

어렵사리 오뉴월 곁불을 찾아
거침없이 눈물겹도록 휘몰아치던
폭풍우 같은 헛바람 앞세우고
더 짙은 어둠이 얼떨결에 가라앉기 전에
서둘러 불시 착륙 시도해 보려는데

한참을 머물다 간 낯선 사람들도
허접스런 욕심의 꼬리에 핏대를 올려
얼핏 스친 하늘과 맞닿은 운무 속을

까치발을 딛고 헤적이고 있었다

산다는 것은

깜박거린 불빛을 바라보면서

예전엔 미처 깨닫지도 못한

가슴에 쌓인 오래된 고독을

하루 종일 만지작거리다가

한낮에 꿈꾼 어둠 속으로

우레처럼 떠나가는 것이다

죄다 홀랑 벗은 맨몸이다

이슬에 젖은 바람 끝에서

허공을 씻는 빈손을 본다

허방다리를 짚다

손에 쥔 것이 얼마쯤인지 헤아린다

나란히 도틀어 발가벗겨진 채로

하늘길에선 맨몸으로 간다는데

차디찬 순간까지 움키고 있는

떨쳐 내지 못한 달콤한 미련

노잣돈은 필요 없다 하건만

헛된 집착의 저 질긴 욕심을

버린다고 결코 버린 것이 아닌

휘두른 세월에 감춰진 슬픈 멍에

채워지지 않는 시간

낯모르는 사람들의 무수한 떨림 속에서
날마다 갈수록 들썩이게 할
제 모습 비춰보는 적막감에 젖어

밀려왔다 밀려가는 여운인 듯
초승달처럼 이지러진 걸음새로 바장인다

오르기 위해 끊임없이 뛰어내린
깎아지른 듯한 삶에 지칠 때에도
혼곤해진 몸 털고 일어서서

얼비친 햇살 위로 스치는 바람 움켜쥔 채
조바심치던 앙가슴 들추어 보는데

어쩌다 넌지시 눈 감아도
훤히 보이는 어둠 뒤편 텅 빈 허공이라면
오래지 않아 작은 숨결 추슬러
처음부터 주저함 없이
달려가던 반동으로 내쳐 나아가 보자

넘어지지 않는 사람 누구 있으며
생채기 없이 사는 사람 어디 있으랴

크넓은 소용돌이 공연히 가라앉지 않게
바람의 힘줄기 같은 마음 몰아 써가며

순수로 타오를 눈 밝은 날들의
시리도록 날 선 대열 다시 한 번 가다듬어
풍경 속 파열음 저 홀로 메우는 동안
가던 길 이를 데 없이 가 보는 거야

우듬지 경계 허무는 결빙의 나무 끝에
불시착한 날벼락 하나쯤 옆구리에 차고
긴 세월도 돌아보면 한순간이었는데

한 막의 바람이 출발을 알리고 있다

이슥도록 이어내려

넘칠 만큼 가득하게 짙어지고 몰아치는
어디론가 잇닿은 오르막 길
칼날 같은 산마루에
아무렇게나 저 혼자서 남겨지거든

살아온 날들과 살아갈 날들이 서슬 시퍼렇게
양날을 서로 치켜세우고
맞잡아 셈하듯 우러러본 사이로
왔다가 간단 말도 없이 내려가거라

하늘을 등에 지고 돌아선다는 것은
나 없이도 여전할 세상에서
단걸음에 비루悲淚를 삼킨다는 뜻일진대
더 이상 무엇을 이야기하리

삶의 중심에서 벌써부터 비켜나와
해질녘 어스름 밟으며
마음 한 자락 뒤란에 남겨 놓으면

어느새 한 시절이 기울어져 가는 것이거늘

몇 날 며칠 소스라치게 덩그러니 지분거리다가
벼랑을 멋대로 굴러간 돌멩이 따라
더 낮추어 본 눈길에 겸손함 보이도록
자욱한 늪에 눈치레하듯 멀어지거라

뒤도 돌아보지 않은 잔물결 같이 잊힐 이 세상
아침햇살 사박거린 길섶에
까맣게 바랜 추억들을 풀어헤쳐
앞으로 나아갈 길 아프게 질책하려는 듯

참다못해 거친 숨결이라도 간직하려 다짐했던
낯익은 바람 모조리 모아
내색도 없이 피고 지는 풀꽃처럼
갈등을 멈춘 걸음새로 한바탕 휘청거려 다오

차 향기에 취해

사랑이 막 싹터 오는 것 같은
가슴 두근거릴 적 설렘처럼
한 모금의 차 향기에 취해 떠오른 기억들을
차마 어쩔 도리 없어
마주한 듯 슴벅거리며 눈을 감는다

남몰래 둥둥 떠돌다가
물색없이 지나가 버린 애먼 세월에도
형형한 눈빛은 살아와
스쳤던 자리마다 잠시간도 벗어나지 않으려
잇달아 고개를 내미는데

한 번도 발 디딘 적 없는 지나온 여정조차
돌아보면 한순간이거늘
어쩌자고 가던 길 멈추어 서성대고 있을쏘냐
굽이마다 쏟아 놓은 햇살 조심스레 밟고
땀방울로 채워진 막다른 골목에서
불현듯 스쳐 지나간 날들 줄 세워 보면

알 듯 모를 듯한 마음으로 너를 따라 기울었던
간절함 비운 날갯짓 펼칠 때까지
가만가만히 일렁거렸을 결기를 보았으리라
보이지 않는 부끄러움 뒤에 숨어든
도스르고 싶은 피안이 여전히 아득하건만

깎아지른 에움길에 가지런하게 선 채로
멋 부리던 낯선 꿈들이
여전히 제 갈 길 모른 채
아직도 식지 않은 찻종지 넌지시 만지작거리며
수런거리는 바람 속 바장이련가 보다

건강검진 받는 날

세월 위에 놓인 나이바퀴 헤아려보듯
주름살 지긋이 늘어갈수록
몸의 더께 가늠해 본다는 것은
훗날을 위해 미리 보증 세우는 것일까 싶어
건강검진 받는 날
사방에서 짓누른 두려움 한꺼번에 밀려와
온갖 가지 걱정으로 휩싸인 머릿속이
뒤죽박죽되어 마음을 짓누른다
겨우 한 끼 식사 걸렀을 뿐이건만
병원에 들어선 순간부터
휑한 눈동자에 두 다리는 후들거려
커다란 잘못 저지른 아이처럼
정신이 멀쩡했던 사람들도
의사의 말 한 마디에 몹쓸 병 걸린 환자가 된다
한 날 한 날 지나간 자리마다 성한 곳 하나
없을 성싶은 불안한 생각 홀연히 떠올라
오갈 든 척 잔뜩 움츠러든
가슴속은 이내 나약해져 먹먹해진다

끝 모르게 반복되는 쳇바퀴 같은 삶 속에서
함부로 내팽개쳐진 때 절은 몸뚱어리
키는 점점 작아지고 눈은 침침해져
귀마저 갈라 터진 쇳소리로 허둥대며 차오르는데
온통 병에 대한 시름에 겨워
형언하기 어려운 마음 공연스레 가느다란 숨결과
궁상맞은 모습이 제멋대로 맞물리는 동안
무거워진 침묵은 검사실을 감돌아
여삼추如三秋 같은 시간만 지켜보고 있다
쭉정이가 되어 간 몸 더 소중히 여길
가늠할 수 없는 것들을 골똘히 헤아려 보다가
예방은 그나마 최상의 치료이거늘
알고도 모르는 체 아슬아슬 머리 굴리지 말고
멋모르고 찾아온 나약함에 놀라지도 말고
아직은 염려스러워 고개 돌린 적 없으니
예상치 못한 병고病故에 노출되지 않으려면
이제부턴 느긋한 일상으로 돌아가 보자

반갑지 않는 불청객

이러다간 하마터면 세상이 왈칵 무너져 내려
풍비박산 날 것 같은 공포에 휩싸이고 있다
어느 날 들이닥친 코로나19 사슬에서 벗어나기 위해
방방곡곡 마스크 쓰는 일이 추가된 순간부터
누란의 도가니에 빠진 발걸음을
서름한 풍경 속으로 들이밀 적이면
두려움 을러멘 결 다른 몸놀림 한 사람들마다
뜬금없이 생겨난 걱정거리 어루만지다가
날 세워 잃어버린 시간 또한 찾을 길 막연하여
장막을 드리우고 문마저 걸어 잠근 채
불안에 노출된 한숨 소리 제멋대로 내뿜었는데
지나고 나면 별것도 아니었다 푸념만 헤뜨릴지 몰라
닳고 닳은 인간사에 알려 준 경종의 징표로 여겨
저마다 성찰의 계기 되었으면 좋으련만
생각조차 안 한 질병疾病에 언제든지 노출될 경우엔
갈피 못 잡고 우왕좌왕해선 안 될 게야
그땐 희비가 엇갈린 접점에서 엄중히 별러
지루할 새도 없이 단걸음에 대처해야 하리라

혁명을 꿈꾸는 듯

입춘 무렵 가느다란 그림자 거느리고 새김질한 발자국 사그라지기도 전에

두꺼운 옷깃마다 잔설이 아직 남아 무거운 차림으로 쉬엄쉬엄 더디게 걸어오다가

땅에 닿지 않은 발끝으로 바람의 손을 잡고 다정하게 웃는 모습 바라다보면

동면에 들었던 사람들도 접었던 꿈 다시 꺼내어 그리던 날이 올 것이라고 생각을 펼치는데

어디선가 올올이 엮어 만든 훤히 보인 가슴에 새겨진 속마음을 어느새 봄비가 숨죽여 읽어 내리는 중에도

머지않아 온 산을 핏빛으로 물들일 거대한 꿈에 젖은 진달래의 무리들이 달콤한 혁명을 꿈꾸는 듯 산허리를 휘감아 돌며 너울거리고 있었다

망중忙中에도 불구하고

종일 내리는 빗속에서 새 떼들이 날아오르는 것을 포기하고 저마다 젖은 날개를 털어내고 있다

그걸 따라하겠다고 가녀린 새끼들이 조막손을 걷어 젖힌 채 앙증맞은 날갯짓 되풀이한 지 벌써 여러 시간째다

움직이지 말고 가슴을 비워 둬라

비 오는 날은 공空치는 날이란다

어쩔 수 없이 오늘 하루치 양식은 기다림이라는 것을 잘 알고도 남으리라 어림하였으련만 하나같이 밥 달라고 입 벌린 소갈머리 없는 새끼들은 그 뒤로도 조금 더 칭얼대다가 비에 젖은 적요에 싫증을 느낀 나머지 힘에 겨운 날개를 고이 접어 작은 몸뚱이를 둥글게 만다

결코 지치지 않을 권태를 증명하려고 아무렇지도 않은 듯 허공이 한차례 나붓거리는데

어느새 잔뜩 웅크린 새끼들은 실핏줄 가늘게 서린 부풀은 발바닥을 빗방울 속으로 슬그머니 들이밀고 있었다

존경하는 인물

　지금의 내가 중학교 2학년 역사 시간 때 일이다 가장 존경하는 인물을 진술하라는 선생님의 말씀에 한 치의 망설임도 없이 아버지 함자를 거명하였더니 교실 안은 한순간 정지화면처럼 긴장감이 감돌았다

　모두들 후대에 길이 남을 내로라하는 인물들을 떠올렸는데 선생님께서는 생소한 이름을 들추어내는 반장인 나를 불러 세워 "한달웅이가 누구신가" 물으셨다

　"제 아버지입니다"라는 대답이 떨어지기가 무섭게 교실 안은 잇따라 여러 번 웃음보따리 속으로 빠져 들었고 그 뒤로도 꼼짝없이 화젯거리가 되어 교무실까지도 소문에 휩싸였던 일이 새삼스럽다

　세월 많이 흐른 지금도 세상에서 가장 존경하는 인물은 내 아버지라는 엄연한 사실에 변함이 없다 "늘 옷깃을 여미고 마음을 다스려라"고 말씀하시던 모습마저 이따금씩 가물가물할 때가 있어 시방 나는 잠시도 잃어버리지 않기 위해 시집 행간에 아버지 함자를 새겨 넣고서 겉도는 그리움을 키우며 한 시절을 지나고 있다

믿음의 이해

아버지와 어머니의 얼굴이 물수제비뜨듯 파문을 일으키며 겹쳐진다 어느 부분이 어떻게 겹쳤는지 쌍심지 켜듯 세세히 보아도 딱히 어느 곳 하나 찾지 못하고 있다 타 들어가듯 야멸치게 두 눈 부릅뜨고 자세를 가다듬고 온 힘을 다하여 뚫어지게 보아도 마찬가지다 이젠 불초자식을 두 분이 함께 나무라시는 건 아닌가 싶어 이리저리 자리를 옮겨가며 바라다본다 어찌된 영문인지 이번에는 어머니의 얼굴이 달처럼 선명하게 떠오르는 사이로 한마디 말씀도 없으신 채 뒤이어 다가오신 아버지께선 그저 빙긋이 웃음만 짓고 계신다 섣부르게 지나칠 뻔하였는데 아버지의 사려 깊은 배려가 있었다는 것을 그 마저도 어머니께서 나중에 귀띔해 주어서야 비로소 알아차렸다 사랑은 이렇게 믿음을 닮아가는 것인가 보다 다시 한 번 온 세상을 사랑으로 물들이게 하려고 퍼져 나온 소리를 귀 기울여 마음으로 듣는다 때맞춰 박수갈채가 텅 빈 허공에서 기꺼이 무한정으로 쏟아지려 한 순간이었다

112

제5부

청하여 바라건대

산고의 시름 거두려고

책상다리 하고 앉아 모국어를 쓰고 있다
만삭의 달이 자정을 알리건만
단 한 줄의 글자
찾아볼 수 없고 텅 빈 여백이다

어슴푸레하지만 보일 듯 말 듯한 어딘가로
가는 길을 조그맣게 물어 오는
혼잣소리 들려온다
언제부터 찾아 나섰던 참이었을까

아직도 미몽에서 깨어나지 못한 채
설핏해진 길 따라 걸어가면서
기다림에 들썩거린
헛디딘 발목 나둥그러지는데

어둠에 제 모습 가린 시구詩句를 걸터듬으려
못내 조바심 내던 마음은
여전히 깊은 생각에 잠겼는가 보다

소리마당에 어깨가 들썩거려

구불텅한 봇재를 넘어서자마자
먼 듯 가까운 듯
회천 앞바다가 닳도록 내디딘 초록 바람
다정스럽게 다가온다

언덕배기 좌우에 도열한 이랑에선
두 귀를 세운 찻잎파리 위로
성글게 지펴온 해님이 스스럼없이 내려앉아
마음 한 켠에 자리 잡은
어머니 품속 내음 물씬 풍기는 중에

불시로 가락을 떼는 아버지 육자배기 한 대목
멋스러이 울려 퍼질 때
맞은편 모롱이에서 누군가
판소리 두어 대목 구성지게 답해 줄 것만 같은

호젓한 골짜기 더듬다 지쳐
구름도 쉬어 간다는

인기척 하나 없던 산마루 아래
서편제 진원지로 무리 지어 찾아온 사람들이
지금은 도처에서 이야기보따리 풀어 놓고
저마다 사연들을 굽어보고 있을 게야

저물어 가는 황혼녘 외따로이 마주친 길목에서
어린 시절 무지갯빛 꿈 자락 부둥켜안은 채
스쳐간 날들 다다른 듯 그리워지면
자꾸만 눈에 밟힌 감회에 젖어 들어
가파르게 이어온 걸음걸음 허허로운데

어디선가 한바탕 어우러질 신명 난 소리마당
생각해 보는 것만으로도 저절로 흥이 돋아 나와
얼씨구나절씨구나 어깨가 들썩거려
얼어붙은 마음 죄다 녹아내리고 있다

마음자리

아름다운 꽃을 넘어나게 바라보려면

바라보는 눈길 또한 똑같아야 한다는
가없이 희맑은 사람들의 묵상에서

외로움도 헤아리면 사치일 것 같아

허공 끝자락 맴도는 죽비 소리처럼
제 삶의 천성을 묵묵히 여미다가

분수에 맞는 만족 다그칠 헤아림이라면

영성靈性의 세계도 부단히 가꾸어야
삶의 무게 가늠할 수 있다는 것을

이제 막 새삼스레 또 한 수 깨우친다

번뇌인 듯 해탈인 듯

염천의 불볕 속을 걸어가다가
타 들어가는 아스팔트 가장자리에서
발가벗은 채 바짝 엎드린 지렁이를 본다

저토록 거역할 수 없는 생의 몸부림
어떤 깨달음 있었기에
묵연히 명상에 들어 무릎 꿇고 머릴 조아리는지

전율에 잔뜩 부풀어진 등줄기 위로
삶의 문턱 넘나드는 바람이 올라앉아
가녀린 날갯짓을 해 대자마자

마치 구도자처럼
해탈의 문을 찾아가고 있는 중이었을까

더 나직한 자세로 가던 길 재촉하고 있다

자문자답

채울 게 많은 휑뎅그렁한 우리네 생활 속에
가전제품 사용 설명서처럼
정석을 익히는 길잡이가 있을지라도
행여 잘못된 일 없었을는지 생각해 본다

수학공식이 만들어 놓은 텅 빈칸 채우도록
풀리지 않는 세상사 대입한 순간
해결책은 저절로 나와
한결같이 발버둥질칠 필요 없을 텐데

미완의 문제 풀리지 않을 적마다
학습 없이도 깨우칠 수 있게끔
현명한 답안지 말해 줄 사람은 정작
어느 공간에 숨어 머리 싸매고 있을까

무결하게 만들어진 불세출의 지침서 있을지언정
도리어 사람들은 게으름에 빠져
하루를 이틀처럼 살 것만 같아

산다는 것은 자연의 섭리에 따라
작은 목소리에도 귀 기울이는 것이거늘

틀에 박힌 한결 같은 삶 뿌리치고
돌이킬 수 없이 헤매 돌다가
깨닫지도 못할 지혜 안은 채 가려는지

가던 길 한참 동안 서서 뒤돌아보면
어림잡아 살아왔던 아픈 시간의 눈금들은
중심 벗어난 잡동사니라고 큰소리치며
젖은 신발에서 빠져나오는 발가락

돌아앉아 곧추세운 몸과 마음 가지런히 하여
고뇌에 찬 쓰디쓴 세상 속으로
발걸음 드리우는 것은 저마다의 몫
가야 할 방향으로 기울어진 채
오늘도 재바르게 하루를 펼치고 있다

졸지에 숙명처럼

뒷모습 보이며 걸어가는 사람들 속에서
제 몸 하나 주체할 곳 없다니
욕심 모르고 살아온 죄밖에 없는데
속은 시커멓게 타 들어간다

이럴 순 없다고 소리소리 내지르며
메아리만 잔뜩 남겨 본 들
돌아오는 것은 따가운 눈총일 뿐

보일 듯 말 듯 촘촘하게 겹쳐진 어둠 뒤편
깊어 가는 삶의 지평을 열어
찾는 길 없을지라도
아침 햇살이 허공을 색칠하듯
졸지에 숙명처럼 발걸음 옮겨가고 있었다

더 낮은 그림자 드리운 채

온종일 발 디딜 곳을 좇아 휘몰아 들어
허기진 바람에 부딪히면서
언젠가처럼 깊은 생각에 잠겨
먼 산 바라기하다 제 가슴 쓸어내리던
벼랑 위의 위태로운 풀꽃처럼
절뚝거린 걸음을 추슬러 터울거리다가
댕돌같이 무장한 정갈스런 사람들이 은밀하게
더 낮은 그림자 드리운 채
아는 듯 모르는 듯 정색을 하고 달려온
한 줌의 세월 열린 틈바구니 사이로
무턱대고 떠올랐다 사라져 간
가슴 시리게 손짓하던 얼굴 하나를
서로가 애절한 표정으로 목소릴 높여
귀를 세워 수소문하고 있었다

돌이켜 보면

너무 먼 거리를 어느새 와 버렸다

심상한 굴곡을 겹겹이 잇닿아 덧입은
성글은 삶에서 몸뚱어리 하나로

너무 낮은 곳에 다옥히 뿌리내리고
너무 높은 곳에 쉼 없이 꽃피우려 했었다
겉으로는 아닌 척 속으론 애 끓이며

늘 가시지 않던 마음속 생채기 하나
품고 살아야 했다는 걸 알았을 때는
찬바람에 나부끼던 낙엽처럼
어디로 가야 할 지 몰라 눈물겨웠을 텐데

깨어 있기 위해 흔들리며 걸었던

부르튼 발자국 속으로 애먼 날들
가라앉히는 순간이 얼마였던가

벌써 날 저물어 소리 없이 어두워진
먼 훗날 어딘가에 닿을 때쯤이면
외로운 줄 모르고 외로웠을

흩어진 꽃잎들이 넘칠 듯이 부르던 노래

성깃하게 뒤엉켜 바둥거릴지라도
더 멀리 울려 퍼지고 싶었을 게야

저 홀로 심연을 걷는 삶 되지 않으려
지금은 여기에서 멈출 수가 없다

누구도 몰랐을 젖은 눈망울 이끌고

가슴 한 켠에 쌓아 놓은 것들을 가져와
벼랑 끝에 위태롭게 매달릴지라도

미루어 그려 본 길을 가고 있을 것이다

불초자식 不肖子息

긴 밤을 지나와 아침부터 뒤따르던
틈바구니 비집는 옅은 햇살 속으로 들이민
옹송그린 발자국을
더 이상은 어찌할 줄 몰라
시리도록 우두커니 바라다본다

부모와 자식 간의 따뜻한 정 가리켜 준
애틋한 인연마저 모지락스레
손을 놓고 한참을 배회하다가
허공 한 칸씩 짚어 간 메아리를 남긴 채
질척거린 기억 언저리 헤집어
한 점 흙으로 묻히었건만

날 밝아온 후에도 여전히 운무에 싸여
아려올 슬픔에 덩달아 눈물 뿌리며
잊히지 않을 옛길에 말없이 기대
낯익은 무덤 타박타박 찾아가는
흰머리 덧댄 등 굽은 모습

한 세월 남겨두고 가시던 그날처럼
보이는 곳마다 새하얗게 물들인
아름드리 눈송이가 다붓다붓
머무신 하늘 야트막한 산머리까지도
소복하게 흩날리고 있는 지요

이별의 아픔으로 견딜 수 없어진
일전을 벼른 보고 싶은 얼굴들은
머릿속 송두리째 흔들어 눈물겨운데
속속들이 비어내는 잔물결 마냥
지나치고 나서야 깨닫게 된
묵은 한 시절 가득 채운 그리움

여태껏 채워지지 않은 마음의 형벌인 양
메마른 가슴팍에 와 닿을 듯
기척도 없이 발길 재촉하신 가시던 날 잊지 못해
가부좌를 틀고 앉아
소곳하게 머리를 조아립니다

못다 부른 노래

살얼음판 같은 세상이 풀리지 않아서일까
순식간에 무너져 내리다 일어선
한결같은 맹세가 먼 기억에 묻혀
초췌해진 모습으로 비틀거리다가
이윽고 훗날에는 한 줌 흙으로 묻힐 터인데

황홀한 허공을 휘어잡으려 한
떨리는 손길이 뜬구름 같아
가직하게 다가선 미로도 찾을 길 없다

길 없는 막다른 길 돌아 나오며
잊힌 얼굴에 일던 고단해진 꿈 펼쳐 들면

저마다 머릿속에 담아 둔 목적지가 달라
잠들지 못해 가까스로 접어 둔
진실에 거짓을 숨긴 셈법조차
스스로를 돌이켜볼 성찰의 눈금으로
대저 가늠할 수 있을지도 몰라

손을 놓으면 멀어져 갈 저 멀리서
유리알 같은 시간을 가져와
한 번 더 두근거리는 가슴에 닿을 때까지
이제 막 발버둥 치며 달려온 햇살은
마냥 눈부시게 쏟아지려 한다

날이 갈수록 정갈해 보인
세월 이끌던 영혼을 깨우기 위해
마음 여린 사람들이 모여

경계를 허물어 버린 기억에서 사라져 간
주인 없는 적막에 어느새 닿아 있구나

야위는 저녁 우듬지 끝의 지친 바람을
무지갯빛으로 얼기설기 엮어
보이지도 않는 오래된 광장 한복판에
밤을 밝힌 달그림자처럼
한줌 고독 이젠 가만히 묻어야 하리

시간은 저만큼 가는데

온 종일 틀어박혀 붕어처럼 숨 쉬는 것은
너무 잔인한 축복이다

어제는 쉬고 싶어서 쉬었는데
갈 곳도 오라는 곳도 딱히 없었으니
두말할 나위 없이 오늘 또한
허기진 차림새로 누군가를 기다릴 수밖에 없어

늑장 피운 햇살에 아침을 말아먹고
창문 열어 시들은 공기를 교환한다

언젠가는 지워질 몇 개의 기억들을 수소문하여
밤새 뒹굴던 객쩍은 생각마저 털어내면
악보도 없이 불러보던 옛 노래가
눈 깜박할 새 창 밖으로 멀어져갈 동안

부르튼 발바닥에도 내색 한 번 안 한 발목에
긴 시간 헤아려 줄 시계를 달아매려 한다

빗속에 띄운 그리움

쉴 새 없이 막무가내 쏟아지는 빗속에서
이따금씩 들려오는 인기척 소리

슬픈 만남 기약이나 하려는 듯
먼 허공의 정적을 감돌아들어

누군가 내 곁에 남몰래 찾아와
정녕코 아는 척 말해 준다면

제멋대로 생각해 본 것만으로도
가슴 미어지게 복받쳐 오르는데

흩어진 시간 속에 머무를 수 없다는 걸
미루어 가슴은 애달파하건만

끝날 같은 그리움 띄워 보내려고
아랑곳 않는 빗줄기 굵어지고 있다

도착점 근처에서

저무는 길 위에 어딘가 있을 나를 찾아
속까지 훤히 보인 점으로 서 있다

지고 있는 짐 내려놓으면
번민의 수렁에서 벗어날 수 있으련만

날이 지나쳐 갈수록 선명해지는
제멋대로 움켜쥔 붉은 햇살 한 움큼

여울져 가는 세월 속에서
기다렸다는 듯 스스럽게 사위어진다 해도
지칠 줄 모르고 부풀어 오른다

내쳐간 삶에서 늘 그랬던 것처럼
촘촘한 올가미에 다시는 갇히지 않으리라

산다는 것은 매순간
같은 듯 서로 다른 길을

제각기 책임지고 선택하는 거겠지

금방이라도 터질 것 같은
어리석은 마음의 끝 모를 집착마저
가야 할 길 한참을 지켜보다가

나지막한 이 세상 죄 없는 마음 안고
훌훌 털고 떠나갈 수 있을까

낯익은 바람이 손짓하는 순간에
뒤늦게 뉘우치며 깨달은 눈빛

남루를 가린 긴 그림자 드리운 채
소리 없이 떠나가야 할 텐데

삶과 죽음은 다 빈손이 된다

바람의 목소리

  오늘따라 갈피를 잡지 못한 채 한 걸음도 앞으로 나아가지 못하고 있다

  누가 뭐라든 간에 실답지 못한 저 바람의 오지랖이 오만가지 것에 끼어들어 천방지축으로 날뛰는 모습 눈을 감아도 여기저기서 처음부터 본 것처럼 눈 안으로 빤히 빨려 들어오는데

  벌써 몇 날 며칠째인지 가늠해 볼 수는 없지만
  보는 척하면 일부러 더욱 심해지는 듯
  멀리서도 또렷하게 부아가 잔뜩 치밀어 올라 연신 주억거리는 고개가 작은 눈에 얼비쳐진다

  요즈막에 들어 자신을 들어내 놓고 푸념만 헤뜨리려는 순간에도
  누군가 헛바람 때문이라고 맞장구치려는데
  하마터면 한차례 휘몰아칠 요량으로 단단히 벼르고 있었을 쓸데없는 짓만 되풀이하다가 뺨 맞은 슬픈 마음 어떻게

달래주어야 할지 머뭇거릴 때면 누구의 말도 듣지 않으려 함인지

어물쩍대며 딴청 피우려 시치미 떼려는 척
비릿한 시간 속에서도 여백 있는 마음 지니라는 생뚱맞은 넋두리를 소리 없이 늘어놓는다

우레 같은 시절 재바른 열정을 흩트려 놓은 채 피할 수 없는 삶의 그 깊이와 크기는 얼마나 될까

천지간에 열병 한번 죽을 것처럼 앓아보지 않은 사람 어디 있다 해도

너무 가슴 아파하지 말기 바란다는 한 마디의 말

지난날 펼쳐 놓고 잠든 사람처럼 바짝 엎드려 생전 처음 마지못해 꾼 꿈속에서 뜻하지 않게 들어본 뜻 모르는 바람의 목소리이다

청하여 바라건대

턱을 괴고 앉아 있는 시간이 길어질수록 어리석은 욕심은 이 풍진 세상에서 무궁무진한 시어들을 거느리고 한 시절 보란 듯이 떵떵거리며 살게 될 줄 알았습니다 날을 더하여 머릿속은 하얘지고 시어들은 흩어져 황폐해진 벌판에 홀로 남겨진 듯이 한두 마디 글자만 덩그러니 나뒹굴고 있습니다 애당초에 시에 대한 저의 사랑이 쉽지는 않으리라 몇 번을 다짐하여 한 가닥의 희망을 걸었지만 이제 와서 모른 척하신다면 지나가던 사람들도 저를 너무 가엾게 여길 것만 같아 조바심이 납니다 달뜬 마음에 눈감고 입맞춤하던 첫사랑처럼 이제저제 이내 마음 너무 깊게 기울어 떠나려 해도 그대 곁을 떠날 수 없는 마지막 끝사랑이 되고 말았습니다 죽을 만큼 사모의 정이 가득하기 때문입니다 우리가 손을 맞잡고 마음 합하면 웃음 속에 걸쭉한 시 한 편 아득한 거리에 남겨질지도 모릅니다 조용히 꿈틀거리는 참을 수 없는 맹세가 불같이 타오르고 있습니다 부디 인내심이 허락하실 때까지 지켜봐 주실 것을 간곡하게 부탁드립니다 당신을 오래 울게 하지는 않겠습니다

불꽃같은 내 마음 머문 곳

유성호 (문학평론가, 한양대학교 국문과 교수)

1. 한성근 시의 미학적 경개景槪

한성근 시인은 등단 이후 유의미한 담론적 변모를 치르면서 해마다 시집을 상재하였다. 그 미학적 경개景槪는《발자국》(2019),《부모님 전 상서》(2020),《바람의 길》(2021),《채워지지 않는 시간》(2022) 등이었는데, 그 변모 과정에 수미일관 동행한 유한근 선생은 각 시집 해설을 통해 '길', '바람', '시간', '공간', '존재', '영성' 등의 키워드로 한성근의 시세계를 집약한 바 있다. 어쩌면 이 목록은 서정시의 가장 오래된 배경이자 테마이자 지향을 담은 것이었을 터이다.

그만큼 시인은 늦게 시작한 창작 이력을 통해 가장 깊고 아스라한 서정시의 기원과 궁극을 사유하고 노래한 셈이다. 이번에 새로 펴내는 다섯 번째 시집《또 하나의 그리움》(인문엠앤비, 2023)은, "새롭게 가는 걸음걸음마다/부끄럽지 않을 사랑이길 다짐해가면서"(〈시인의 말〉) 오늘도 자신만의 시를 써가는 시인이 이러한 속성들을 묶고 그 안에서 한 걸음 더 나아간 진경進境을 보여준 근작의 성과라 할 것이다.

한성근에게 '시詩'는 일종의 시간예술이자 존재예술로서, 시간과 공간의 층과 폭을 활달하게 가로지르면서 그에게 새로운 언어적 경험을 부가해 준다. 그의 시는 삶의 형상적 반영으로 손색이 없고, 우리는 그의 시가 시간의 흐름을 둘러싼 삶과 사물의 변화에 대해 지극한 관심을 가지고 있음을 새삼스럽게 알게 된다. 또한 그의 시는 그 핵심에 시간의 흐름을 깔면서도 변치 않는 삶의 원초적 가치들을 노래함으로써 이러한 변화에 일정하게 저항하기도 한다. 이렇듯 남다른 개성과 보편성을 결속하면서 한성근의 시는 그렇게 하나 하나 씌어져간다. 물론 불변하는 영속체는 지상에 존재하지 않는다는 걸 우리는 잘 안다. 다만 변하지 않는 오래된 가치들을 상상하면서 그 가능성을 전위적으로 실천하는 양식으로서 서정시를 생각할 뿐이다. 이때 한성근 시인의 작품들은 이러한 서정 양식의 항구적 가치를 드러내 주는 실천적 장場으로서 매우 충실하게 다가온다. 거기서 우리는 구체적 시간 안에 담긴 그만의 서정적 기품을 만나볼 수 있을 것이다. 이제 그 세계 안으로 한 걸음 들어가 보도록 하자.

2. 근원적 감각을 통한 삶의 복원과 실현

먼저 한성근 시인은 이번 시집에서 본원적 자기 탐구에 진력하는 모습을 보여준다. 이는 시의 언어가 근원적으로 일인칭 지향성을 지니고 있음을 알려주는 첨예한 사례일 것이다. 일찍이 발레리는 시정신에 관하여 "숭고한 아름다움에 대한 인간의 열망"이라고 말한 바 있는데, 이때 서정시는 구체적이고 살아있는 감각을 통해 숭고한 아름다움에 대한 열망을 토로하는 일인칭 양식으로 다가오게 된다. 그만큼 한성근의 시는 사물의 구체성과 삶의 아름다움을 노래하면서, 굵고 선한 목소리를 따라 스스로의 기억을 펼쳐간다. 더불어 그는 자신의 실존적 다짐을 부가해가는 형식을 취하고 있는데, 그의 시가 한결같이 속 깊은 전언傳言을 들려줄 수 있었던 것도 이러한 창작 태도 때문이었을 것이다. 그렇게 한성근 시의 한편에는 우리가 잊어버린 것들에 대한 복원의 의지가 담겨 있고, 다른 한편에는 삶의 구체성을 통한 자기 고백의 양상이 담겨 있다. 그리고 그는 천천

히, 근원적 감각을 통한 삶의 복원과 실현의 꿈을 완성해간
다. 다음 작품을 먼저 읽어 보도록 하자.

> 뒤섞여 와자지껄하던 거리를 벗어나와
> 인적 끊긴 산문山門에 다다르니
> 발아래 사람들이 그림자를 안고 멀어지는 사이로
> 가파른 능선은 자꾸만 나를 잡아당긴다
>
> 보일 듯 말 듯 먼발치에 우두커니 서 있는
> 큼직한 빌딩들은 성냥갑처럼 작아지고
> 눈앞을 촘촘하게 가로막던 차량들도
> 어느새 흔적 없이 꼬리를 감추는데
>
> 고즈넉한 정적 속에서 무릇 방향마저 잃어버린 채
> 상처 입은 모양새로 골똘해지다가
> 둘 곳 없어 더욱 헐렁해진 마음 담아
> 고단한 삶일지언정 잊힌 듯이 저울질해 보면
>
> 번뜩이는 눈빛들의 한숨짓는 소리에
> 차가운 한뎃잠 속으로 벌물 켜듯 무시로 들이밀어
> 어디로든 발걸음 옮겨야 하리라
> ─〈여린 맘 달래려고〉 전문

소란스러운 거리와 고요한 산문山門이 대조되면서 시인
은 새로운 존재론적 시야를 확보하게 된다. 인적 끊긴 공간
에서 비로소 발아래 사람들이 그림자를 안고 멀어지는 것

과 그 사이로 가파른 능선을 볼 수 있었던 것이다. 도시의 세목들은 한결같이 왜소해지고 "고즈넉한 정적"을 이룬 산 속에서는 "상처 입은 모양새"로 남은 "더욱 헐렁해진 마음"과 "고단한 삶"이 스스로를 가다듬고 있다. 말하자면 "번뜩이는 눈빛들의 한숨짓는 소리"가 떠미는 힘을 감각하면서 시인은 어디로든 발걸음을 옮겨야 하는 순간을 맞은 것이다. 그렇게 여린 맘 달래려고 찾아간 산 속의 질서에서 시인이 발견한 것은 "꿈속에서 뜻하지 않게 들어본 뜻 모르는 바람의 목소리"(〈바람의 목소리〉) 같은 것이고, "흩어진 꽃잎들이 넘칠 듯이 부르던 노래"(〈돌이켜 보면〉)였을 것이다. 가장 근원적이고 궁극적인 자기 회복의 질서가 그 안에 있었던 것이다. 다음은 어떠한가.

어둠의 장막 뒤로
걸어가는 사람들의 불안에 떠는 모습
보이지 않느냐고
돌부처처럼 한참을 우두커니 선 채
되묻기도 했었지만

재바른 발걸음 가뭇없어진
기별마저 없는 난감한 처지 애태우다가
한 번 더 아둔함 나무람해 보았던
지난날 객쩍게 부려본 혈기
서로의 안부를 반신반의할 뿐

아무런 대답이 없었다

마침내 어둠을 짊어진 등줄기에서
새어 나오는 가느다란 외마디 비명조차
여전히 뜬눈으로 지새운 꿈결인 듯
사나운 욕심에 휘둘리며 살아온
빗나간 날들을 헤아려 보면

천지간에 여때까지 참고 견뎌낸 아픔을 모아
무심코 줄지어 엮어 가며
귀청이 따갑도록 누군가에게 아우성쳤을 텐데
저리 깊은 그리움의 모든 것을
하나같이 낯선 사람들은 모른 척했다

이유 없는 핑계에 덮어 놓고 침을 발라
헐렁한 한때 되짚어 보았지만
내일을 등에 업고 선뜻 나서지도 못했으니
여태까지 망설거린 마음 추슬러
어설픈 날갯짓일지라도
어떻게든 여기에서 멈추지 않으려 한다

가로놓인 고락의 길이 심술을 부릴지언정
바라보는 저편 먼발치서부터 몇 번이나 사라져 간
꾸던 꿈 머지않아 이루어 보려 함일까
이제 그만 정작 어쩌랴
지금 바로 촘촘하게 안간힘 쓰려는 중이다

—〈정작 어쩌랴〉 전문

이 작품에서 한성근 시인은 세상이 처한 상황을 '어둠'이나 '불안'으로 규정하면서 "돌부처처럼 한참을 우두커니 선 채" 그 상황이 보이지 않느냐고 스스로에게 되묻는다. 물론 시인의 이러한 규정과 해석에 세상은 별다른 기별이나 응답이 없다. 자연스럽게 시인은 '어둠'이나 '비명'으로 얼룩진 꿈결 같은 빗나간 날들을 헤아려 본다. 그 순간 시인은 참고 견딘 고통과 "귀청이 따갑도록 누군가에게 아우성쳤을" 시간을 떠올리면서 자신이 "저리 깊은 그리움의 모든 것"을 몸에 지니고 살아왔음을 발견한다. 낯선 사람들은 그러한 그리움의 의미를 모른 척했지만, 시인은 망설이던 마음을 추슬러 여기서 멈추지 않고 "저편 먼발치서부터 몇 번이나 사라져간/꾸던 꿈"을 이루려고 애쓴다. 그가 발화하는 "정작 어쩌랴"라는 다짐의 말도 결국에는 "촘촘하게 안간힘 쓰려는 중"인 스스로를 향한 응원의 한 마디일 것이다. 이처럼 한성근 시인은 어둠과 불안이 편만한 세상에서, 비록 "걸어온 만큼 가야 할 곳도 안개 속"(《머물다 간 자리》)이지만, "깨어 있기 위해 흔들리며 걸었던"(《돌이켜 보면》) 길을 걸으면서 마침내 "더 나직한 자세로 가던 길 재촉하고"(《번뇌인 듯 해탈인 듯》) 있는 것이다. 이 또한 근원적 감각을 통해 삶의 기율을 회복하려는 꿈과 연결되는 시인의 강인한 의지를 보여주는 사례일 것이다.

이처럼 한성근 시인은 다양한 사물이나 상황에 대한 경

험적 실감을 정성스럽게 자신만의 언어적 화폭에 담아낸다. 더불어 그는 감각만으로는 도저히 담아낼 수 없는 사유의 실꾸리들을 펼쳐가기도 하는데, 가령 세상이 서로 어울려 있는 삶의 화음和音을 들으면서 살아있는 것들의 기운을 느끼게 해 주는 것이다. 그러한 역동의 고요를 통해 시인은 사물이나 상황의 본질로 잠입하게 되고, 우리는 언어를 넘어 존재하는 어떤 본원적인 소리를 들을 수 있게 된다. 시인은 이렇게 자신의 감각을 사물에 의탁하여 절실한 경험적 실감을 노래하는 일관성을 보여주면서, 동시에 자신의 여린 마음이 움직여가는 리듬을 통해 삶을 은유해간다. 그의 시는 이렇듯 매우 미세한 경험 맥락이 숨 쉬는 순간을 가져다준다. 그래서 우리는 그의 시편을 통해 서정시가 개인적 경험의 산물이면서 동시에 가장 보편적인 삶의 이법理法을 노래하는 양식임을 비로소 알게 된다. 그만큼 한성근 시인은 근원적 감각을 통한 삶의 복원과 실현을 지속적으로 꿈꾸어 온 것이다.

3. 존재론적 기원의 소환과 안착

대체로 시인들은 특별한 경험을 통해 자신의 삶을 반성하기도 하고, 새로운 세계에 대한 예지적 경험을 당겨오기도 한다. 이번 시집은 대상을 향한 한없는 그리움을 가진 채 씌어졌으며, 우리는 그 안에서 존재론적 '기원起源'으로 끊임없이 회귀하려는 시인 자신의 열망을 만나게 된다. 그래서 가없는 그리움의 대상들은 시인의 가장 원형적인 상像을 담아내는 기원으로 기능하게 되는 것이다. 시인은 그 아름다운 이름을 일일이 호명하고 소환하면서 자신의 서정시를 써 가는데, 특별히 스스로의 기원이 될 만한 존재자들의 잔상殘像은 지금도 그의 삶을 지극하게 떠받쳐 주는 핵심 자양이다. 이러한 사랑과 그리움의 몫은 이번 시집의 시간예술로서의 속성을 더없이 선명하게 입증해 주고 있다. 우리가 보기에 그러한 상상적 역류逆流 과정은 어떤 연대기적 서사보다도 더욱 삶의 진정성을 잘 알게끔 해 주는 상상력의 운동이 아닐 수 없을 것이다.

아버지와 어머니의 얼굴이 물수제비뜨듯 파문을 일으키며 겹쳐진다 어느 부분이 어떻게 겹쳤는지 쌍심지 켜듯 세세히 보아도 딱히 어느 곳 하나 찾지 못하고 있다 타 들어가듯 야멸치게 두 눈 부릅뜨고 자세를 가다듬고 온 힘을 다하여 뚫어지게 보아도 마찬가지다 이젠 불초자식을 두 분이 함께 나무라시는 건 아닌가 싶어 이리저리 자리를 옮겨가며 바라다본다 어찌된 영문인지 이번에는 어머니의 얼굴이 달처럼 선명하게 떠오르는 사이로 한마디 말씀도 없으신 채 뒤이어 다가오신 아버지께선 그저 빙긋이 웃음만 짓고 계신다 섣부르게 지나칠 뻔하였는데 아버지의 사려 깊은 배려가 있었다는 것을 그 마저도 어머니께서 나중에 귀띔해 주어

서야 비로소 알아차렸다 사랑은 이렇게 믿음을 닮아가는 것인가
보다 다시 한 번 온 세상을 사랑으로 물들이게 하려고 퍼져 나온
소리를 귀 기울여 마음으로 듣는다 때맞춰 박수갈채가 텅 빈 허
공에서 기꺼이 무한정으로 쏟아지려 한 순간이었다

—〈믿음의 이해〉 전문

시인의 마음속에 "아버지와 어머니의 얼굴"이 마치 물수
제비뜨듯 파문을 일으키면서 생성된다. 이 기억의 상像은
두 분의 얼굴이 겹쳐지면서 생겨난 것이다. 한성근 시인은
"불초자식을 두 분이 함께 나무라시는 건 아닌가 싶어" 이
리저리 자리를 옮겨가면서 두 분의 상을 바라다본다. 그러
다가 어머니의 얼굴이 달처럼 떠오르고, 말이 없으신 아버
지의 얼굴은 뒤이어 웃음만 짓고 계신 것을 발견한다. 그러
고 보니 지난날 시인은 "아버지의 사려 깊은 배려"마저도
어머니께서 나중에 귀띔해 주어서야 비로소 알아차렸다.
"세월 많이 흐른 지금도 세상에서 가장 존경하는 인물은 내
아버지라는 엄연한 사실에 변함이 없다"(〈존경하는 인물〉)고
고백한 그 '아버지' 말이다. 이제 시인이 새삼 느끼는 '사랑'
은 그분들을 향한 '믿음'을 닮아간다. 그리고 시인은 온 세
상을 사랑으로 물들이려는 소리를 마음으로 들으면서 텅
빈 허공에서 무한정으로 쏟아지려 하는 소리들을 미리 듣
고 있다. 그렇게 두 분에 대한 '믿음의 이해'에 이른 시인의
마음은 "지나치고 나서야 깨닫게 된/묵은 한 시절 가득 채

운 그리움"(《불초자식不肖子息》)으로 이어지고, "한 자락의 그리움에 매달려 처연히 소리쳐본/그 무딘 사랑의 속내"(《후회》)로도 점착되어가는 것이다.

지친 마음 잇대어 들먹일 때면
해거름 타고 넘는 바깥세상 저만치 벗어나와
찻잎 한 장 찻물 위에 띄워 놓고
흔들리는 고요의 숨결 느껴 보면 어떠리

못 잊을 이름조차 잊어버린 사람처럼
땅거미 등지고 마주 앉은 채
버거운 가슴 짚어가며

지나가는 바람도 큰소리로 불러 모아
마디마디 푸르던 여린 사연들을
나지막이 이야기하다가

풀리지 않는 시름마다 송두리째 꽃물 들여
서둘러 발걸음 재촉하면서
불그레한 연모의 정으로 초조하게 뒤척거리던
옛 시절 애면글면 돌이키려
찻잔 속 스민 향냄새에 젖어야겠다

—〈찻잎 한 장 띄워 놓고〉 전문

시인은 마음이 지칠 때 "해거름 타고 넘는 바깥세상"에서 벗어나와 삶을 관조하곤 한다. 그 곁에는 언제나 "찻잎 한 장 찻물 위에 띄워 놓고" 흔들리는 "고요의 숨결"이 있다. 이 역동의 고요는 사실상 '산문山門'과 동질의 분위기를 띠면서 '시인 한성근'의 나고 자란 곳을 환기시켜 준다. 차의 고장으로 널리 알려진 보성寶城에서 태어난 그가 "못 잊을 이름조차 잊어버린 사람"들을 상상 속에서나마 불러 모아 "마디마디 푸르던 여린 사연들"을 이야기하는 순간이야말로 또 다른 존재론적 기원으로 소급하려는 시인의 의지를 나타낸 사례일 것이다. 그때 "풀리지 않는 시름"도 송두리째 꽃물 들고 "불그레한 연모의 정"도 옛 시절 애면글면 돌이켜 준다. 그렇게 "찻잔 속 스민 향"은 더더욱 향원익청香遠益淸이 되어 시인의 예술적 품격을 드높여준다. 이러한 예술적 기원으로의 역류는 "아직도 식지 않은 찻종지 넌지시 만지작거리며"(《차 향기에 취해》) 자신의 기원을 상상해 보는 시인의 마음이 결국 "산다는 것은 자연의 섭리에 따라/작은 목소리에도 귀 기울이는 것"(《자문자답》)임을 수락해가는 과정을 포괄하는 것일 터이다.

원래 기억이란 과거의 사실을 향하는 것이지만 시인의 기억은 삶의 현재형을 견지하면서 이끌어가는 심연이자 원형으로 각인되어간다. 그래서 시인의 기억은 살아온 날들의 회감回感이자 살아갈 날들의 다짐으로 작동하게 된다. 한성근 시인의 서정적 격조는 자아와 타자, 삶과 죽음, 신

생과 소멸, 만남과 이별의 경계를 가르고 통합함으로써 나타난다. 우리로 하여금 삶의 궁극적 가치인 위안과 치유를 경험하게끔 하고 기억 속에 있는 그리움을 한껏 발견하게끔 해 주는 그의 시는 침잠과 솟구침, 따뜻함과 서늘함, 피어남과 이울어감, 구심과 원심의 상상력을 결속하면서 아름답게 번져간다. 존재론적 기원의 소환과 안착 과정으로 빛나는 순간을 허락했던 그의 시는 그렇게 기억의 집성集成으로 뚜렷하게 남을 것이다.

4. 삶을 탐색해가는 과정을 가능케 해 주는 '존재의 집'

원래 서정시는 시인 스스로에 대한 기억을 새롭게 구성하는 특성을 지닌다. 원초적으로 자기표현 발화를 통해 시인 스스로의 의식을 드러내게 마련인데, 이때 시인의 의식을 구성하는 질료는 자신이 겪은 원체험原體驗일 것이다. 시인은 자신의 깊은 원체험을 부단하게 변형하고 재현해가면서 자기동일성을 확보해간다. 이때 기억의 운동은 가장 중요한 서정의 원리가 되어 준다. 결국 그것은 가장 구체적이고 경험적인 언어를 길어 올리는 절차이자 방법이며, 몸과 마음에 웅크리고 있는 한없는 존재론적 토양이 되어 주는 것이다. 그만큼 서정시는 다양한 원초적 존재론의 양상을 다루면서, 우리로 하여금 오랜 시간의 원리를 따라 삶의 근원에 대한 경험을 치르게끔 한다. 한성근의 시는 스케일 큰 상상력으로부터 미세한 사물들의 움직임에 이르는 다양한 경험을 담음으로써 이러한 서정의 원리를 한껏 충족해간다. 특별히 삶을 탐색해가는 과정을 가능하게 해 주는 '존재의 집'으로서 그의 시는 빼어난 미학적 성취를 거두고 있는 셈이다.

책상다리 하고 앉아 모국어를 쓰고 있다
만삭의 달이 자정을 알리건만
단 한 줄의 글자
찾아볼 수 없고 텅 빈 여백이다

어슴푸레하지만 보일 듯 말 듯한 어딘가로
가는 길을 조그맣게 물어 오는
혼잣소리 들려온다
언제부터 찾아 나섰던 참이었을까

아직도 미몽에서 깨어나지 못한 채
설핏해진 길 따라 걸어가면서
기다림에 들썩거린
헛디딘 발목 나뒹그러지는데

어둠에 제 모습 가린 시구詩句를 걸터듬으려
못내 조바심 내던 마음은

여전히 깊은 생각에 잠겼는가 보다

—〈산고의 시름 거두려고〉 전문

시인은 '산고의 시름'인 시를 쓰면서 자신의 '존재의 집'을 지어가고 있다. 책상다리 하고 앉아 모국어의 "단 한 줄의 글자"를 찾으려 애쓴다. 텅 빈 여백을 딛고 넘으면서 시인은 "어슴푸레하지만 보일 듯 말 듯한 어딘가로/가는 길"을 스스로에게 조그맣게 묻는다. 그 "혼잣소리 들려온" 순간의 기다림에 들썩거리며 어둠에 제 모습을 가린 시구詩句를 애타게 찾는다. "못내 조바심 내던 마음"과 "여전히 깊은 생각"을 통해 모국어의 순수 결정이 태어나는 바로 그 순간, '산고의 시름'은 마치 "악보도 없이 불러보던 옛 노래"(《시간은 저만큼 가는데》)처럼 "영성靈性의 세계도 부단히 가꾸어야/삶의 무게 가늠할 수 있다는 것"(《마음자리》)을 환하게 알려준다. '시인 한성근'의 고통스러운 탄생 과정이 이렇게 가멸차게 점묘되고 있다. 그리고 그 탄생 과정을 통해 시인의 생각은 한없이 깊어져간다.

조금씩 열리는 하늘이 시곗바늘처럼 다가옵니다
그래도 꿈결같이 아득하기만 합니다
얼핏 어디서 본 듯한 새 한 마리
느닷없이 저 멀리로 눈길 거두어 스쳐가는데
한참을 망설거리는 날갯짓이

더 높이 치솟아 오르려고 아우성치는
발가벗은 숲속 나무들의 우듬지로 느껴집니다
문득 바람이 옷섶을 여미다가
내밀한 그 소망 안다는 듯
귀를 기울여 생각에 잠깁니다
세상 어느 곳에도 이르지 못할 것 같던
끝 간 데 없는 단단한 맹세의 외로움 너머로
긍휼의 마음 마침내 달랠 수 있다면
기꺼이 잘디잘게 부서지고 부서질 것입니다
드센 비바람 또다시 불어와
내 작은 몸뚱어리가 곤두박질칠지라도
늘 그러했듯이 더 낮은 자세로 중심을 잡아
선뜻 다가온 시간 속으로 걸어가 보렵니다

　　　　　　　　　　—〈생각이 깊어지다 보면〉 전문

시인의 생각이 깊어진 상태는 곧바로 보다 나은 시적 차원의 도약으로 이어져간다. 하늘이 조금씩 열려 시곗바늘처럼 다가오고 "어디서 본 듯한 새 한 마리"가 비상하는 순간은 마치 "내밀한 그 소망"을 다시 한 번 환기하는 시인의 모습을 닮았다. 귀를 기울여 생각에 잠긴 시인은 이제 단단한 맹세의 외로움 너머로 "긍휼의 마음"을 가지게 된다. 더 낮은 자세로 중심을 잡아 "선뜻 다가온 시간 속으로" 걸어가서는 끝내 생각의 깊이를 다해 '시인 한성근'으로 거듭나게 될 것이다. 비록 "시어들은 흩어져 황폐해진 벌판에 홀로 남겨진 듯이 한두 마디 글자만 덩그러니 나뒹굴고"(〈청하여 바라건대〉) 있지만 시인의 작품들은 "땅거미가 내려앉은 가로등 아래 목어처럼"(〈다시 너울 속으로〉) 흔들리면서 "온전히 다듬어진 은밀한 목소리로/삶은 두근거리는 긴장의 연속이라고"(〈알 수 없어서〉) 노래해갈 것이니까 말이다.

이처럼 한성근 시인은 남다른 진정성의 언어를 이어가면서 그 언어로 하여금 보편적 삶의 원리에 대한 성찰로 이어지게끔 한다. 우리가 지나치기 쉬운 근원적인 힘에 대해 사유하는 쪽으로 나아가면서, 활달한 감각을 통해 그가 간직하고 있는 시적 밀도를 충실하게 확장해간다. 그의 시편에서 뭇 사물은 우리가 쓰고 있는 '시'의 은유로 한결같이 다가오는데, 그럼으로써 그는 운명적으로 주어진 언어적 사제司祭로서의 직임職任을 다해간다. 그 점에서 그의 시는 우리 삶을 밝히면서 우리의 감각과 인식을 새롭게 갱신하고 삶에 대한 경이로움을 선사해가는 '존재의 집'으로 우뚝하기만 하다.

5. 또 다른 그리움의 미학을 위하여

모든 생명 있는 것들은 일정한 시공간에서 살다가 그 불가피한 유한성으로 말미암아 결국 사라져간다. 다시 말해 그 어떤 생명체도 어떤 곳에 한순간 존재했던 것에 지나지 않는다는 시간성을 가지고 있는 셈이다. 이러한 한시성과 유한성은 서정시의 궁극적 바탕이 되어 준다. 영원성이라는 것이 시간 구속 자체가 없는 지속성을 뜻한다면, 영원한 것은 하나도 없기 때문이다. 결국 영원성이란 그리움의 대상에 부여한 상상적 형식일 뿐인 셈이다. 한성근 시인은 이러한 그리움의 원리를 통해 인간 존재를 근원적으로 사유해간다. 이때 그의 시는 영원성이나 근원성에 대한 탐구 의지에 지속적으로 근접해간다. 특별히 그는 그러한 근원 지향성을 직접적으로 추구하지 않고 사물이 지나간 흔적을 통해 탐색하는 모습을 보여줌으로써 구체성과 형이상성을 통합해가는 독자적 역량을 보여준다. 대상들을 향한 한없는 '그리움'이 그 정서적 지층을 형성하고 있음은 말할 것도 없을 것이다.

쉴 새 없이 막무가내 쏟아지는 빗속에서
이따금씩 들려오는 인기척 소리

슬픈 만남 기약이나 하려는 듯
먼 허공의 정적을 감돌아들어

누군가 내 곁에 남몰래 찾아와
정녕코 아는 척 말해 준다면

제멋대로 생각해 본 것만으로도
가슴 미어지게 복받쳐 오르는데

흩어진 시간 속에 머무를 수 없다는 걸
미루어 가슴은 애달파하건만

끝날 같은 그리움 띄워 보내려고
아랑곳 않는 빗줄기 굵어지고 있다
　　　　　　　　　　─〈빗속에 띄운 그리움〉 전문

　이 아득한 그리움 앞에서 한성근 시인은 "미움도 한때는
사랑이었다는 것"(〈눈시울 붉게 물들여〉)을 알아가게 되고, "아
무리 그리워도 둘러가지 못할 것 같은"(〈한 뼘의 채움〉) 느낌
을 새삼 가지게 된다. 빗속에 띄운 이러한 '그리움'이야말로
이따금씩 들려오는 인기척 소리와 함께 가장 실존적인 인
간 존재의 슬픔과 정적으로 다가오고 있다. 하지만 그리움
이란 흩어진 시간 속에 머무를 수 없다는 것을 시인은 또한
알아간다. 그리고 마침내 끝날 같은 그리움을 굵어진 빗줄
기 속으로 다시 띄워 보낸다. 이러한 아득하고 아름다운 심
상의 연쇄는 "신비로운 인연에 닿은 한 번뿐인 삶"(〈마음의
끈 묶어가며〉)에 수반되는, 탕진되지 않는 그리움을 우리에게
선사하고 있다. 그리움이란 이처럼 부재하는 것들의 상상
적 현존을 통해 우리 삶을 안내해가는 에너지 같은 것일 터
이다.

어둠의 테두리를 매만지는 어쭙잖은 모양새에
지나쳐 가던 사람들마저
어찌할 바를 몰라 애련의 눈길 보내는데
그토록 기다렸던 저 높은 깃발 아래
불꽃같은 내 마음 머문 곳을 지나가리라 여겼던
달뜬 마음 실바람처럼 드리운 채
뒤란 한 편에 안성맞춤으로 쌓아 놓은 사연들을
이 한 밤 홀연히 펼쳐 든다
그대 또한 고즈넉한 잠에서 깨어나
젖은 지평 위를 아슬아슬하게 걸어와
곤두세운 나의 모습 무턱대고 보려 했었을까
시름없이 몇 발짝 옮길 적마다
언젠가는 가 닿을 듯한
날 저물어 텅 비어 버린 정적靜寂 위로
가까이서 다가오는 것 마냥 그림자를 들뜨리면
두 눈 감고 서 있어야 할 누군가에겐
벌써 뉘우침에 지친 마음 스며 있는 듯
만신창이 된 몸 안츨러가며 외로움 빚었으리라
내쳐간 그 옛날 아득하게 잃어버린 기억들조차
쉽사리 잊힐 헛된 꿈이 아니길 빌어 보던
기나긴 밤 지새운 손길로 써 내려간 우리의 약속들이
꽃 진 자리 그늘에 막무가내로 가리어져
시방도 갈래진 길 어디쯤 남아 있을 것만 같아
아무려면 잊어서는 안 될 그루터기 위에서
얼어붙은 지난날들을 돌처럼 차갑게
또다시 마름질해 본다는 것은
거기 온몸으로 배회하는 고독이 있어

발을 동동 구르며 뒷걸음질 쳤기 때문일 게야

여전히 감당할 수 없는 두려움에 뒷덜미 져려 오지만

허겁지겁 또다시 어둑새벽 맞이할 때까지

진정 변하지 않을 사람이 있다는 사실 하나만으로도

오래도록 가슴 시리게 눈물겨워질

이젠 기다림이 또 하나의 그리움이 되어 버린

마음에 각인된 이야기 죄다 나누며

머뭇거리다가 놓칠 뻔했던 끝 모를 미련

먼 훗날 옛 생각에 잠겨 띄우리라 전하고 싶다

—〈또 하나의 그리움〉 전문

이 아름다운 표제 작품은 그동안의 그리움을 품고 또 넘어서면서 또 다른 차원으로 번져가는 형상을 잘 보여준다. "어둠의 테두리"를 만지면서 느끼게 되는 "애련의 눈길"은 "불꽃같은 내 마음 머문 곳"을 포괄한다. '그대'라는 이인칭은 이때 고즈넉한 잠에서 깨어나 "날 저물어 텅 비어 버린 정적靜寂 위로" 다가온다. 그때 두 눈 감고 서 있어야 할 누군가에게는 기억들조차 아득하게 지워져간다. "기나긴 밤 지새운 손길로 써 내려간 우리의 약속" 또한 고독하게 사라져 버렸다. 하지만 또다시 어둑새벽 맞이할 때까지 우리는 "진정 변하지 않을 사람이 있다는 사실 하나"를 지키기로 한다. 그러니 자연스럽게 "기다림이 또 하나의 그리움이 되어 버린/마음에 각인된 이야기"야말로 이번 시집을 은유하는 최적 표현이 아니겠는가. 그렇게 한성근 시인은 "바라보는 곳마다 어려 있는 그리움"(《개망초》)을 통해 "멀리 있어도 보이는 마음의 문에 다다라"(《이젠 두 손을 모아》)서는 서정시의 가장 근원적인 힘을 노래하는 것이다. 이처럼 잘 짜인 언어를 통한 근원적 그리움은 인간이 지녀온 가장 궁극적인 욕망이고, 짧게 함축된 언어를 통해 우리가 이어온 것은 이러한 욕망이 구체적으로 반영된 서정시의 실례일 것이다. 말할 것도 없이, 한성근 시인이 들려준 그리움의 노래는 경험적 주체와 시적 주체가 통합된 발화를 통해 근원성에 이르려는 서정시의 고전적 영역을 더욱 심화시켰다고 할 수 있을 것이다.

6. 삶에 대한 궁극적 긍정과 추인의 비밀

두루 알거니와, 서정시는 시인 자신의 실존적 발화에서 발원한다. 물론 그 대상이 공공적 범주에 속함으로써 사회적 확산 과정을 가져오는 경우도 있지만, 그때조차 서정시는 궁극적인 자기 회귀성을 견지하게 마련이다. 여기서 말하는 회귀성이 사적인 개인성에 국한되는 것이 아님은 췌언의 여지가 없을 것이다. 서정시는 가장 사사로운 이야기를 들려줄 때에도 그 안에 여러 차원의 보편성을 내포하기 때문이다. 결국 서정시는 타자를 향해 한껏 원심력을 보이다가도 다시 일인칭으로 귀환하는 회귀적 속성을 여물게 견지한다. 물론 그 회귀성은 오랜 시간을 거쳐 다시 돌아오는 과정을 포함하기 때문에 여전히 시간예술로서의 본령을 서정시에 부여하게 되는 것이다.

이번 시집을 통해 한성근 시인은 이러한 근원적이고 궁극적인 서정시의 차원을 보여주었다. 그것은 불변하는 가치, 오래된 새로움, 영원성과 근원성, 사랑과 그리움의 시학으로 나타났다고 할 수 있다. 물론 그 이면에는 직선적이고 분절적인 근대적 시간관觀에 대한 반성의 의미도 포함되어 있을 것이다. 그렇게 독자적인 시간 경험을 해석하고 수용하는 과정에서 그는 삶에 대한 궁극적 긍정과 추인의 비밀을 품고, 삶의 근원이자 궁극으로서의 사랑과 그리움의 시학을 은은하게 완성해간 것이다. 이렇게 사물과 삶의 유추적 연관성을 노래한 한성근의 다섯 번째 시집을 읽으면서 우리는 다양하고 심원한 그의 미학을 만나보게 된다. 그것은 구심과 원심의 결합을 통해 성취된 균형감각의 산물이기도 할 것이다. 이처럼 오롯한 예술적 성과를 "불꽃같은 내 마음 머문 곳"(《또 하나의 그리움》)에 담아낸 이번 시집을 넘어, 앞으로 그가 펼쳐갈 더욱 심원한 시학의 세계를 기대해 본다.

한성근 시집

또 하나의 그리움

인쇄 2023년 3월 18일
발행 2023년 3월 23일

지은이 한성근
발행인 이노나
펴낸곳 인문엠앤비
주소 서울특별시 종로구 북촌로4길 19, 404호(계동, 신영빌딩)
전화 010-8208-6513
이메일 inmoonmnb@hanmail.net
출판등록 제2020-000076호

ISBN 979-11-91478-18-1 04810
      979-11-971014-6-5   세트

값 10,000원